에크리.
내게 와 어두워진 빛들에게

펴낸날 2023년 10월 20일
지은이 하재연
펴낸이 이광호
주간 이근혜
편집 허단 김필균 이주이 방원경 윤소진 유하은
마케팅 이가은 허황 최지애 남미리 맹정현
제작 강병석
펴낸곳 ㈜문학과지성사
등록번호 제1993-000098호
주소 04034 서울 마포구 잔다리로7길 18(서교동 377-20)
전화 02)338-7224
팩스 02)323-4180(편집) 02)338-7221(영업)
대표메일 moonji@moonji.com
저작권 문의 copyright@moonji.com
홈페이지 www.moonji.com

ⓒ 하재연, 2023. Printed in Seoul, Korea

ISBN 978-89-320-4193-3 03810

내게 와   하재연

어두워진 빛들에게

에크리.

차례

프롤로그: 어두워진 빛들에 대한 애도

까만 털과 연녹색의 눈을 가진 고양이를 키운 지 세 해째 되어간다.

새벽이면 영하 18도까지 내려가던 여주의 눈 내리는 숲길, 나의 발자국 옆에 저의 발자국을 따라 내며 산책길에 동행하던 녀석이었다. 하루는 숲의 입구에서 왜인지 그저 앉아 있기에, 그럼 여기서 기다릴래? 하고 숲의 둘레를 돌았다.

꽝꽝 얼어 새들의 발자국마저 어지러웠던 강을 돌아와 반대편으로 걸어 내려오다 혹시나 싶어, 처음 올라갔던 숲의 입구로 다시 가보았다. 설마, 말도 안 되는 생각이야 싶었는데, 그 자리에 그대로 앉아 있다 반가운 소리를 내며 달려 나오는 고양이. 머리 위로 눈발이 흩날렸었나. 차가웠겠다. 까만 코트 속 배가 하얘서 희디흰 눈밭과 구분이 되지 않았다.

이름을 하양이라 지었다. 들여보내달라 오래도록 울고 밀어내어도 다시 옆구리에 붙어 자던 때가 언제였냐는 듯, 집에 온전히 들이자마자 아이는 내내 집 밖으로 나가고 싶어 했다. 다 큰 길고양이를 데려오면 겪는 일이라 했다. 고양이가 잠잠해진 것은 밤잠을 제대로 이루지 못하는 일이 반년가량 지속되고 난 후였다.

검은 동공이 순식간에 커졌다 오므라드는 그의 눈은 처음 발견한 행성의 표면 같다. 고양이와 함께 지낸 지 꽤 시일이 지났으나 그 눈동자만을 들여다보고 있노라면 만족스러운 건지, 갑갑한 건지, 무료한 건지 알기 어려웠다.

굶주림과 추위, 적대적인 외부의 공격으로부터 그를 벗어나게 해준 것은 맞을 것이다. 비와 눈에 젖는 일 없이, 목덜미를 물어뜯기는 일 없이, 차이고 쫓기는 일 없이, 그는 나와 함께 늙어갈 것이다. 나의 머리카락이 희게 세어가는 것만큼이나 그의 검은 털 사이 흰 털이 박히는 개수도 늘어갈 것이다.

그러나 거기 그대로 살아 있던 한 존재의 생활 반경을 나라는 삶의 테두리 안으로 들인 것은, 마음대로 해도 되는 일이었을까. 그의 마음을 나의 마음이 안다고 오해하고 그 오해를 따라왔던 것은 아니었을까. 그럴 때 그의 마음과 내 마음 사이의 간격이란 얼마만큼이었나.

작년에 이사를 했다. 고양이는 장소에 애착이 있다던데, 처음 데려왔을 때처럼 집을 나가려고 울어대면 어쩌나 싶은 걱정이 무색하게 그는 첫날부터 나의 옆구리에

붙어 조용히 잠을 잤다. 하지만 고양이가 내 곁에서 가르
랑거리며 반달눈으로 잠을 자도, 꼬리를 곧추세우고 온
집의 구석구석을 마음껏 헤집고 돌아다녀도, 높은 곳에
올라가 관망하듯 사람들을 쳐다보아도, 그의 눈동자 속
검은 동공을 바라볼 때 나는 여전히 가끔 마음 한구석이
아릿해온다.

　　　겨울 숲 입구에서 널 마주친다

　　　동굴의 아치처럼 눈 쌓인 가지가 예뻤고 네가
나를 따라
　　　얕은 우물 모양 발자국을 찍으면
　　　빛나는 언 강과
　　　고요하고 다정한 묘지

　　　너를 만나기 전의 삶으로 다시는
　　　돌아갈 수 없다는 걸 알게 되는
　　　시간이
　　　나에게 온다

　　　검은 돌에 흰 비명으로
　　　새겨지듯
　　　눈송이를 타고 떨어져 내리는

간유리 같은 내일들

너는 블랙
너는 하양
너는 어둠
너는 눈송이
너는

까만 빛
속에
꿈을 꾸지 않아도
우리의 계절이 계속해서 끝나간다

겨울 숲은
내일의 대기 속으로 사라질 것이다
북극의 최후의 빙하처럼
한낮에 부는 바람처럼
너의 한 줌 한숨처럼

—「샤이닝」전문

　고양이와의 조우와 눈 내리던 여주의 겨울 숲을 떠올리
며, '샤이닝'이라는 제목의 시를 몇 편 썼다. 위의 시는 그
중 한 편이다. 사랑하지만 결코 다 짐작할 수 없는 존재의

내면에 관해. 어둠을 더듬더듬 짚어내는 심정으로. 내게 왔으므로 함께 올 수 없었던 빛나는 것들에 관해. 결국 이 해하지 못할 야생이라는 아름다움에 대해. 그것들에 용서를 바라는 마음으로.

시를 쓰고 있지 않을 때의 나는 대체로 형편없고 어리석다. 시를 쓰고 있는 순간이, 복기하기 두렵고 부끄러운 나의 우둔을 느리게 기도문처럼 발음하며 누군가에게 용서를 구하는 것으로 생각될 때가 있다. 그 누군가에게 시가 결코 나의 알리바이가 될 수 없음을 모르지 않는다.

그러므로 이 글 또한 어리석은 사랑의 기술일 것이다. 이해할 수 없는 아름다움을 가지려 하고, 잡아둘 수 없는 상실을 그러쥐려 했던 나로 인해, 어두워진 빛들에 대한 나의 애도.

겨울 숲, 흩날리는 눈송이 속으로 자박자박 걸어오던 너의 빛나는 연녹색 눈동자에게 보내는.

1부

점과 점을 잇는 선분의

존재 방식

푸른 머리칼

내가 스스로 읽어냈던 첫 이야기 속에 남아 있는 이미지.

뾰족한 첨탑 창문의 열린 틈. 끝없이 길고 구불구불한 머리카락이 그 사이로 쏟아져 내려온다. 믿을 수 없이 탐스러워서 살아 있는 것만 같은 그것을 붙잡고 왕자가 성벽을 오른다.

창문은 바둑판 눈금보다 작고 성은 너무 높다. 서커스처럼 아슬아슬하여 초조해진다. 작은 손바닥에 조금씩 땀이 배어나와 책장을 구겼을 것이다. 마녀의 코는 구부러져 있었지만 심장을 찌를 수 있을 만큼 충분히 뾰족하다. 그러니까 성은 뾰족한 것들 천지고, 창문 틈으로 늘어뜨려진 물결과 같은 아름다움은 푸른색이다. 푸른 파도는 마녀의 저주를 잠시 깊은 잠에 빠뜨린다.

잘리면 어떡하지. 저렇게나 아름다운데. 나에게는 다른 무엇보다도 그 푸른 머리카락이 싹둑 잘리는 일이 소름 끼치게 무서운 일이다. 이야기가 끝나듯, 책등이 닫히듯, 그리고 꿈의 시간을 유예시키는 밤의 장막이 걷히듯. 잘려 나갈 시간들이 두렵다.

그러나 아직은, 아니다. 부모 몰래 전등을 켜고 책장을 넘기는 그 순간, 밤의 시간이 유예된 아름다움을 잇고 또 이어간다. 내 주변의 어둠을 불빛처럼 동그랗게 물리치는 푸른색이 있다. 단단하고 매끄러운 보석처럼 빛나는 푸른색. 푸른색 머리칼.

*

여섯 살 또는 일곱 살이었을까? 나는 그것을 내가 읽은 첫 이야기로 기억한다. 그림 형제의 라푼젤 이야기를 각색한 동화였을까. 해적판 일본 만화였을지도 모른다. 우리 집에는 삼성출판사에서 나온 검은색 세계문학 전집과 한국문학 전집 세트가, 미닫이로 된 유리문을 달고 있는 육중한 책꽂이 안에 꽂혀 있었다. 그 안에 그림 형제의 진짜 책 같은 것은 없었을 테니까.

어째서 푸른색 머리카락이었을까. 라푼젤이라는 이야기의 제목은 나중에 접했고, 그것이 양배추나 양상추와 비슷하게 생긴 독일 채소라는 것은 더 한참 후에야 알 수 있었다. 어른이 되어 찾아본 원작에는 금발의 라푼젤이 그려져 있었다. 라푼젤이 성에서 쫓겨난다든가, 왕자가 눈이 먼다든가 하는 중요한 이야기의 세부는 전혀 기억나지 않아, 내가 읽은 것이 그림 형제의 라푼젤인지조차 확신할 수 없다.

마치 독립된 생명체처럼 푸르게 굽이치던 머리카락. 열린 창문 사이로 넘치듯 흘러나와 성 안쪽의 좁고 유폐된 세계와 그 바깥, 금지된 것 사이를 잇는 욕망의 기이하리만치 강한 움직임.

그토록 어린 나에게도 느껴지던 비밀스럽고 관능적인 꿈틀거림은 이제 와 떠올려보면, 라푼젤의 동화적인 이미지보다 카라바조가 그려낸 메두사의 머리카락이 주는 느낌에 더 가까운 것처럼 생각된다. 그것이 금빛 머리칼을 빛나는 푸른색으로 바꾸어 기억하게 했는지도 모른다.

여섯 살 또는 일곱 살의 나에게, 이제 이야기가 갖는 질감이란 푸른 머리칼과 함께 각인된다.

금지된 것. 끊어질 듯 아슬아슬하지만 붙잡지 않고는 못 견디게 하는 매혹. 내가 갇힌 좁은 창문을 흘러넘쳐 기어이 타인을 불러들이는 노래. 내게서 비롯하였으나 나라는 몸뚱이를 압도하는 유기체와 같은 생명체. 살아 나를 연장하는 움직임. 결국 유형의 고통을 유예시켜 나를 다른 나라로 데려가는 부드러운 배. 타인이라는 낯선 아름다움과 조우하게 하는 경악. 죽음과 같은 끝을 예기하는 서주序奏. 끝과 함께 오는 참혹. 그러나 바로 지금 이곳에서, 참혹을 소거하는 음악.

이 모든 것들이 뒤섞여 어리고 가는 손가락으로 다음

페이지를 넘길 수밖에 없게 하는 것.

　이야기의 끝에서 푸른 머리카락은 잘렸던가 말았던가. 기억나지 않는다.
　머리카락이 잘렸다고 해도, 잘린 후에 남는 것들이 있었을 것이다. 참혹을 지나온 결말이 행복에 다다르지 못했다고 해도, 이미 나에게는 이야기를 읽기 전으로는 되돌아갈 수 없는 푸른 자국이 남았다. 굼실거리며 자라나는. 검고 작은 창밖으로 뻗어나가는.

드봉 샴푸병

중학생이 되었을 때, 새로 전학 온 친구네 집에 놀러간 나는 문화적 충격이라 할 만한 일을 경험한다. 그 아이의 집은 우리 집에서 멀지 않았지만, 얼마 전 입주를 마친 대단지 아파트 안에 있었다. 그곳에서 나는 어린이와 청소년을 위한 문학 전집이 따로 존재한다는 것을 알게 되었다.

잠들기 직전의 시간은 내게 책과 노는 시간이었다. 대체로 호의적이지 않은, 불가항력적 세계에서 떨어져 나와 유일하게 안전한 느낌을 주는 시간. 세로로 빡빡하게 씌어진 성인용 양장본의 책을 누워서 읽는 행위에는, 책의 내용이나 청소년기에는 어울리지 않는 무거운 쾌락 같은 것이 있었다.

베개에 받쳐두고 읽다가 투명한 비닐로 싸인 책 귀퉁이를 떨어뜨리기라도 했다가는 억 소리가 나게 아팠던, 벽돌처럼 무거웠던 세로쓰기의 성인용 전집이 아닌 청소년용 문학 전집이 있다는 것을 알게 되었을 때의 놀라움이란. 그리고 어린이와 청소년을 위해 특별히 만들어진 책을 아이의 전용 책꽂이에 오롯이 꽂아주는 부모가 있다는 사실을 더불어 깨달았을 때의 신기함과 배신감을 기억한다.

　제목은 거의 기억나지 않지만, 꽂혀 있던 책들의 파스텔 톤 컬러 표지들이 떠오른다. 모두가 똑같이 검은색에 금박 제목을 갖고 있었던, 크고 거들먹거리는 검정 세단 같은 성인용 문학 전집의 표지와 다르게 그 책들은 한 권 한 권 서로 다른 산뜻한 표지와 표지화를 갖고 있었다. 그 중 한 권의 책등에서 발견한 토베 얀손이라는 북유럽 작가의 이름은, 열네 살이었던 나에게 낯설고 몽글몽글하고 멀었다. 그 아이의 엄마가 샐러드 위에 뿌려주던 사우전드아일랜드드레싱이라는 소스 이름처럼 말이다.

　우리 동네와 대단지 아파트를 가로지르는 길 하나를 사이에 둔 친구의 세계에서 나는 아주 멀리 떨어져 있는 사람 같았고, 그 사실을 처음부터 들키는 것 같아 책을 빌리겠다는 말조차 친구에게 꺼내지 못했다.

　내게 가까웠던 것은 이런 것이었다. 20세기 말에 대규모 재개발이 되었던 산동네. 야학에서 만난 선배가 대학 때 가장 힘들게 철거 투쟁을 했다고 회상하던 동네. 야트막한 산을 경계로 하여, 위쪽으로 갈수록 한 칸짜리 방에 부엌이 딸려 있고, 몸을 씻는 수돗가나 화장실은 바깥에 있는 집이 많았던 그런 동네. 친구들과 고불고불한 산길 사이를 헤매며 다방구를 하다 보면, 어느덧 땅거미가 내려와 밤이 없는 나라에 살면 좋겠다 생각하며 집으로 돌아오던 동네.

산 아래쪽에 있던 우리 집은 우둘투둘 표면이 거칠게 칠해진 초록색 대문을 지니고 있었다. 계단을 올라가면 마당이 있었고, 세를 내주는 반지하 집이 두 집 있었다. 어쨌든 나는 주인집 딸이었다. '국민'학교 2학년 때부터 졸업할 때까지 단짝으로 붙어 다니던 친구가 5학년 때 연탄가스를 마시고 병원에 입원했을 때는 너무 걱정이 되어, 친구가 계속 다리를 절게 되면 어쩌지, 아랫집에 세 들어 사는 애기 엄마처럼. 꿈에서 울다가 깨기도 했다.

그 친구네 집에 놀러 갔던 어느 날엔가는, 바깥의 수돗가에 놓인 샴푸병을 가리키며, 너희 집 샴푸는 줄어들지 않고 맨날 똑같은 것 같아,라는 말을 했었지. 왜 그랬을까?

열두 살 무렵 지속적인 가슴 답답함을 호소하던 나를 엄마는 병원에 데리고 갔다. 검사상으로는 아무 이상이 없다며 답답할 때 무슨 느낌이 드냐는 의사의 물음에, 연탄가스 냄새를 맡는 것 같다고 대답했던 나의 열두 살. 의사는 물었지. 그걸 어디서 맡아봤냐고.

어디서였을까. 아직 우리 집이 기름보일러로 바뀌기 전이었을까. 엄마는 나에게 연탄을 갈라고 시켰던 걸까. 아니면 아버지의 발령으로 방학 때 내려가 있었던 땅끝 마을의 시골집에서였을까. 하얗게 사그라진 연탄을 밑에

두고 검은 연탄을 올려 구멍을 맞추면 보이던 빠알간 불씨. 그리고 여름이건 겨울이건 질식할 것 같았던 집 안의 공기.

나는 지금도 답답한 느낌이 들 때면, 그때처럼 온 안면을 찡그리고 하품도 숨쉬기도 아닌 이상한 호흡을 하곤 한다. 열두 살의 나의 감각도 함께 떠오른다. 답답해. 숨을 쉬기가 너무 힘들어. 그래서였던 걸까. 가장 가까운 친구에게 날카로운 하나의 선을 긋고 싶었던 것은.

중학교에 가 학교가 갈라지며 사이가 멀어지고, 성인이 되고 한참 후에야 싸이월드 초등학교 동창 모임을 통해 연락을 해온 친구와 만나게 되었다. 그도 나와 같은 전공을 택해 또래보다 조금 늦게 대학을 마쳤다고 했다. 대학을 들어가기 전까지의 시간에 대해서는 묻지 못했다. 친구의 돌 지난 아기 선물을 들고 축하하러 갔다 와서도 이후까지 연락을 이어가지 못한 것은, 둘 사이에 잘려 나갔던 시간 때문만은 아니었을 것이다.

혹시 착각이 아닐까.

중학교에 들어간 후 학교를 자퇴했다거나, 소년원에 갔다거나, 진위를 확인하기 어려운 풍문에도 연락을 하지 못했던 친구에 대한 모종의 죄책감이 상상적으로 만들어 낸 장면은 아닐까. 꼭 닫혀 있던 친구 오빠의 방에 공업용 본드와 빈 부탄가스 병이 굴러다닌다는 누군가의 귀띔에서 비롯된 두려움에서 나온 말이었을지도 몰라. 어떤 방식으로 당시를 재구성해보아도, 어린아이가 지닐 수 있는 가장 야비한 형태의 잔인함을 제일 가까운 친구에게 실행한 나 자신에 대해서는 끝내 용서할 수 없었다.

어른이 되어 만난 친구는 말했다. 너희 집에 가면 엄마가 언제나 책을 읽고 계셨던 게 생각이 나.

언제나라는 말은 사실이 아니었을 것이다. 엄마는 책을 좋아했지만, 때로는 자식들과 국방색 담요를 깔고 화투를 치기도 했다.

책은 어린 우리의 가슴속에 하나씩 결여의 이미지를, 거기서 비롯한 환상을 파놓는 우물이 된다. 둥근 우물에 떨어지는 작지만 깊은 파문들이 나와 친구를, 친구와 나를, 우리를 연결하고 또 떨어뜨려놓는다. 검은색 세계문학 전집과 파스텔 톤 책 표지, 나와 친구의 엄마와 토베 얀손 그리고 드봉 샴푸병.

너무 가까워 멀어짐이 곧 헤어짐과 동의어가 되는 이들. 쌍둥이처럼 언제나 옆에 있다 여겨지기에 자신에 대한 염오를 견딜 수 없을 때, 부서진 내 심장의 한 조각을 칼처럼 집어 그들의 심장을 겨누듯이 차갑고 선득한 상처를 반드시 입히게 되고야 마는 이들. 가족 그리고 사랑하는 이들. 그들을 생각할 때마다 나에게는 수돗가에 놓였던 저 드봉 샴푸병의 이미지가 끊임없이 되살아난다.

내가 지니고 있는 수치에 대한 감각, 자신에 대한 혐오감은 결코 사라질 수 없는 것임을 알고 있다. 나는 저 드봉 샴푸병을 떠올리며, 다만 그 감정들이 결코 누구로부터, 어떤 사실로부터 연원한 것이 아니라 오직 나 자신으로부터 비롯되었음을 확인한다. 타인은 나에게 결여와 욕망을 각인하였지만, 나는 결국 나 자신에게로 돌아와야 할 것이다. 그것을 위해 나는 이제 읽기를 하는 사람에 더해 쓰는 사람이 된 것 같다고 생각한다.

쓰기의 시작이 내게는 이렇게 초라하고 생경하며 박복한 진실에서 비롯되었다는 것을 확인하고 보니 이상하게도 조금 안심이 된다. 쓰기를 통해 아주 멀리 갈 수 있다고 상상한 적이 많았던 것은 아니지만, 어느 곳으로 가더라도, 잘못 들어섰거나 조금밖에 도달하지 못했음에 절망하지 않아도 될 것 같은 생각이 든다.

먼 것과 가까운 것 사이의 거리. 무어라 명확히 설명하기 어려운 친구에 대한 마음. 그리고 드봉 샴푸병에 대하여. 내게서 도저히 소거할 수 없는 감정과 감각에 대하여.

쓰는 것밖에는, 열두 살로부터 계속되어온 통증에 대해 내가 할 수 있는 일이 없음을 알고 있다. 그 후로도 오랫동안 계속해서, 그치지 않고, 온 얼굴을 찡그려서라도, 숨을 쉬어야 하기 때문이다.

코다

타박 타박 타박네야 너 어드메 울고 가니
우리 엄마 무덤가에 젖 먹으러 찾아간다
산이 높아서 못 간단다 산 높으면 기어서 가지
물이 깊어서 못 간단다 물 깊으면 헤엄쳐 가지
명태 주랴 명태 싫다 가지 주랴 가지 싫다
우리 엄마 젖을 다우 우리 엄마 젖을 다우

우리 엄마 무덤가에 기어 기어 와서 보니
빛깔 곱고 탐스러운 개똥참외 열렸길래
두 손으로 따서 들고 정신없이 먹어보니
우리 엄마 살아생전 내게 주던 젖맛일세
명태 주랴 명태 싫다 가지 주랴 가지 싫다
우리 엄마 젖을 다우 우리 엄마 젖을 다우

　　　　　　　　　　　　　　　　 ─민요, 「타박네야」

　엄마는 나에게 자장가를 불러주지 않았다. 아니, 정확
하게는 내가 기억을 떠올릴 수 있는 시간 안에서 엄마가 나에게 어떤 자장가를 불러주었는지 알 수 없다.

　나는 세 남매 중의 막내로, 엄마는 오빠들보다는 나를 더 챙기는 편이었다. 엄마가 구워주던 카스텔라가 떠오른다. 신문지를 밑에 깔고 밥통에 구워, 뚜껑을 열면 고소하고 달콤한 냄새와 함께 미약한 석유 냄새 같은 것이 풍기던 엄마표 수제 카스텔라. 내 생일날에는 떡볶이며 잡채 같은 것들로 생일상을 차려 친구들을 초대하기도 했다.

　고등학교 때는, 엄마가 한창 빠져 있던 탁구를 하러 가는 길에 들러 막 구운 삼겹살과 쌈 채소나 뜨거운 김치찌개가 담긴 도시락을 전해 주었다. 딸에게 따뜻한 밥을 먹이겠다는 생각보다는 아침에 도시락 싸는 게 더 힘들고 번거롭다는 이유였다. 2교시 후의 중간 식사 시간—쉬는 시간 10분 안에 밥을 먹고 양치질까지 하던 초스피드 식사를 우리는 정규 식사 시간처럼 이렇게 불렀다—이 되면 옆 반이던 친구들은 무서운 스피드로 달려와 찌개며 삼겹살을 뺏어 먹곤 했다. 매번 도시락을 받으러 교문 앞까지 가야 하는 게 싫었지만, 겨울의 교실에서 먹는 뜨거운 흰밥과 금방 끓인 김치찌개의 건더기는 정말 맛이 좋았다.

　그러나 가족들을 건사하는 일보다는 술자리를 더 좋아했던 공무원 아버지의 봉급으로 팍팍한 살림살이를 꾸리며 세 아이를 혼자 챙겼던 엄마에게서, 다정한 태도를 기대하기는 쉽지 않은 일이었다.

엄마는 부모 없이 어린 시절을 지난 사람이었다. 일제 말기와 전쟁을 거쳐 영락해간 엄마 집안에 대한 이야기를 나는 결혼 후 한참이 되어서야 결혼한 이의 입을 통해서 들었다. 엄마는 자신의 이야기를 잘 하지 않는 사람이었고, 나 또한 엄마의 과거에 대해 묻는 일이 두려웠던 것 같다. 어렸을 적의 나는 토라지거나 상처받았을 때, 먹지 않거나 말하지 않는 것으로, 누군가 나를 위로해주기를 바랐지만, 그 바람이 채워진 적은 없었다. 나이를 먹어가면서는 내게 닥친 대부분의 혼란과 처음 겪는 감정들을 혼자 처리해가는 일이 편해졌다.

*

나의 아이에게 불러주고 있는 자장가는 크고 나서 알게 된 것들이 많다. 「반달」과 「나뭇잎 배」 「과꽃」 같은 노래는 어렸을 때 듣고 배운 것들이지만, 「타박네야」 「찔레꽃」이나 「진주난봉가」 「섬집 아기」 같은 노래들은 큰오빠의 민중가요 노래책과 대학교 때 농활을 통해 알게 되었다.

80년대 끝 학번인 큰오빠 덕에 접했던 유재하, 노래를 찾는 사람들 그리고 민중가요 노래책이 중학생 시절 미친 영향은 대단한 것이어서, 나는 80년대 학번의 감수성을 꽤 오래 지니고 살았다. 친구들이 서태지와 아이들에

열광할 때, 해금에서 풀려 새로 녹음한 네 장짜리 김민기의 앨범을 돌아가며 듣고 또 들었다. 당시 내가 밤에 잠들며 펼치던 상상의 나래 중 한편을 차지했던 건, 고등학교를 졸업하고 뭔가 그쪽(?) 일을 하다가 김민기 씨를 만나는 장면—이 상상의 나래가 현실에서 진짜로 펼쳐지는 상황을 나는 어른이 되어 맞게 되는데—이었다.

아이는 쉽게 잠이 드는 편이 아니었다. 태어난 후 1년간은 잠에 빠져드는 것이 공포 그 자체라는 듯, 잠이 오는 2~3시간의 간격마다 소리가 아파트 복도까지 울려나가도록 심하게 울었다. 아기에게는 기억의 지속 개념이 약해서, 잠에 빠져드는 것을 죽음을 맞는 것과 비슷한 상태로 여긴다는 것을 그때 책에서 읽었다. 지금은 그만큼 울지 않지만, 누군가는 옆에 있어줘야 하고 불을 끄고 한 시간 넘도록 잠들지 못할 때도 있다.

「타박네야」나 「진주난봉가」는, 어린아이에게 불러주기 좋은 노래는 아니다. 죽은 엄마 무덤에 기어가 젖 달라는 가사나, 시집살이하다 남편의 난봉에 아홉 가지 약을 먹고 죽는 내용이라니. 그런데 쉽사리 잠들지 않는 아이 곁에서 이런저런 동요들을 끄집어내다 보면, 끝에 가서는 이런 구전민요들을 부르게 되곤 했다.

이 노래들을 알게 되던 시절의 나 또한 밤이 무서웠다. 어둠 때문이 아니라 밤이 끝나고 내일의 아침을 맞아야 한다는 사실이 불현듯 끔찍했다.

　노래들의 끝은 죽음에 닿아 있지만, 아이는 그것을 이야기책의 이야기처럼 받아들이고 있는 것 같다. 어둠 속에는 아무것도 없음을 아무리 설명해주어도 아이는 어둠이 무서운 모양이다. 죽음은 여전히 이해할 수 없는 것이지만, 그것은 그냥 우리 곁에 있다. 그리고 그것을 겪는 이들의 슬픔 또한 우리에게서 사라질 수 없을 것이다. 나는 잠에 드는 아이가 언젠가는 어둠을 너무 무서워하지 않을 수 있게 되기를 바라고 있다.

*

　타박 타박 타박네야, 낮은 목소리로 노래를 부르며 엄마의 어린 시절을 상상해본다.

　엄마에게 자장가를 불러준 사람은 누구였을까. 엄마가 할머니의 배 속에 있을 때 일본에 강제징집되어 전쟁에 나가 돌아오지 못한 외할아버지는 당연히 아닐 테고, 재가한 나의 외할머니는 기회가 없었을 것이다. 효도할 새도 없이 돌아가셨다는 엄마의 외할머니였을까. 엄마는 그 노래를 기억하고 있을까. 기억하지 못하지만 혹시 그 노래를 내게 불러주었던 건 아니었을까.

　나는 아마도 이런 질문들을 엄마에게 하지 못할 것이고, 언젠가는 후회하게 되리라는 것을 알고 있다. 최근

에 이 예견된 후회의 실마리를 따라가다가 쓰게 된 시가
있다.

공간의 구조를 빌려와보자.
선형의 시간이 우리를 가로막을 수 없도록.

입술 말고도
가진 손가락이 아주 많았다.
그 속의 나는.

들었으므로 대답해야 하는 언어를 버리면,
태어나지 않은 나의 목소리를 처음으로 볼 수 있
게 된다.

왜 사랑하지 않아도 이해할 수 있는 걸까.

그런데 한 나라의 말을 버리는 법에 대해서
배웠어야 할 텐데.

돌아온 엽서 속의 사람은
반복되는 나의 종결부를
무한처럼 치고 있었다.

기억해내기 위해서.
그래야 하니까.

검은건반 흰건반, 검은 손가락, 흰 손가락.
손가락 옆으로 이어지는 손가락,
시간과 순간,

사이의 끝이 구부러지고
사진틀에 걸려 있던 격자형 빛 우물에서
발생하는 음악의 무늬가 퍼져나간다.

꿈은 깨지고,
우리에게서 유리된 꿈이 빛의 태엽을 돌린다.

말 못 할 심정으로
생경하고 기하학적인 음악이
실현되고 있었다.

관동군으로 징집되었던 엄마의 아버지에게서,
백일을 맞은 딸에게 온 마지막 소식은
분실된 블라디보스토크발 엽서에만 남아 있었다

고 한다.

　엄마에게서 비롯된 어떤 날의 일기, 올리버 색스
의 『목소리를 보았네』, 베토벤의 「피아노소나타」,
그리고 아버지를 잃을 나와 친구들에게; 이어지는
마디를 분실하지 않기 위하여.
　　　—「코다—블라디보스토크에서 온 엽서」 전문

　시를 통해 나는 엄마가 태어나자마자 겪었던 죽음으로
돌아가본다. 말로 하지 않아도 소통할 수 있는 새로운 나
라의 언어를 얻고 싶다고 생각해본다. 그 끝은 죽음에 닿
겠지만, 우리는 닿아가고 있겠지만, 닿아가고 있는 사이,
무한히 발생할 음악에 대해, 퍼져나가는 음악의 무늬에
대해,
　처음 말을 배울 때의 아이의 목소리를 기억해낸다. 잊
힌 자장가처럼.

사랑의 지속

　　당신이 나를 당신의 안으로 들여보내준다면
　　나는 아이의 얼굴이거나 노인의 얼굴로
　　영원히 당신의 곁에 남아
　　사랑을 다할 수 있다.
　　세계의 방들은 처음부터 끝까지 햇살로 가득하
지만,
　　당신이 살아 있는 사실, 그 아름다움을 아는 이는
　　나 하나뿐.
　　당신은 당신의 소년을 버리지 않아도 좋고
　　나는 나의 소녀를 버리지 않아도 좋은 것이다.
　　세계의 방들은 온통 열려 있는 문들로 가득하
지만,
　　당신이 고통스럽다는 사실, 그 아름다움을 아는
이는
　　나 하나뿐.

　　당신이 나를 당신에게 허락해준다면

나는 순백의 신부이거나 순결한 미치광이로

당신이 당신임을

증명할 것이다.

쏟아지는 어둠 속에서

우리는 우리의 아이가 아니라

우리 자신을 낳을 것이고

우리가 낳은 우리들은 정말로

살아갈 것이다.

당신이 세상에서 처음 내는 목소리로

안녕, 하고 말해준다면.

나의 귀가 이 세계의 빛나는 햇살 속에서

멀어버리지 않는다면.

—「안녕, 드라큘라」 전문

　　소녀는 생각했던 것 같다. 세계의 낮이란 왜 이다지도 밝은 것일까. 햇살이 눈부신 이 거리에서는 눈을 뜰 수가 없구나. 밤 내내 벌어지던 상처는 따가운 태양 광선에 데기라도 한 듯, 봉합되어 보이지 않는데, 어쩐지 내 피부에는 붉은 흔적이 남은 것 같아 고개를 들 수 없다.

　　소년은 생각했던 것 같다. 갈라지고 흩어져서 하나로 그러모을 수 없는 목소리란 나의 것일까. 타인의 말소리를 흉내 내보아도, 소년은 단 한 번도 진짜 자기 것이라 생각되는 목소리를 자신의 귀로 들을 수 없다.

밤의 시간 속에서만 열리고 떨리는 것들, 눈동자의 홍채와 달팽이관의 림프액, 고통의 감각들.

밤마다 해왔던 상상 속에서만 제 목소리를 들어왔던 소년이 건네는 인사말. 안녕,이라는 최초의 인사는 소년의 성대를 울리며 밖으로 나아가고, 공기의 층을 타고 더 멀리 나아간다. 소년과 소녀의 영혼을 흔들며, 떨림으로 그들이 동류의 존재임을 증명한다.

이 시는 영화 「렛 미 인」을 보고 나서 썼다. 이제 영화의 뒷부분은 기억나지 않는다. 사랑이란 무엇일까, 생각했다. 너를 내 안에 들인다는 것은 무엇일까. 그것은 가능한가.

내가 쓴 시를 남의 것처럼 낯설게 읽으면서, 나의 스무 살 때가 겹쳐 떠오른다. 낮의 햇살이 형벌처럼 밝아 고개를 들 수 없었다. 나 자신이 햇빛 아래 드러나 있다는 사실을 견딜 수 없었다. 집에서 나와 다시 그곳으로 돌아갈 때까지, 어둠이 내 무거운 육신의 실루엣을 희미하게 만들 때까지, 땅만 보고 걸었다. 희미해지고 싶었고, 사라지기를 바랐다. 다만 방 하나를 가지고 싶었다. 이 세계에 떨어진 나의 흔적이 거기 있어도 괜찮을 단 하나의 공간.

나의 존재를 인정하기조차 이렇게 힘든 일인데, 사랑이란, 무엇일까. 온 힘을 다해 타인을 받아들여 내가 여기 있음을 확인하는 행위일까. 나는 이곳에 살아 있고,

거짓말처럼 사라지지 않을 것이라는 지속의 꿈과 같은
것일까.

소녀와 소년은 자라 어른이 되었다. 소녀는 자기 바깥
의 소년을, 소년은 자기 바깥의 소녀를 원하고 그 만남이
자신의 어두운 구멍을 채울 수 있을 거라 믿는다. 고독이
라는 검은 구멍. 곧 믿음은 깨어진다. 나날이라는 크고 엄
연한 세계의 룰 속에서는, 누구도 타인과의 관계를 통해
고독을 메울 수 없다. 다만 그 불가능을 확인할 뿐이다.
깨어진 꿈의 절단면을 우리는 다른 것들로 덧대기도 한
다. '가족'이라는 이름이거나, '아이'라는 이름, 또 다른 무
엇인가로 자꾸 이름이 바뀌는 것들을 가지고 비뚤배뚤한
자국을 감친다.

다른 무엇이 아니라 '우리'의 이름으로서만 사랑을 지속
할 수는 없는 것일까. 자신의 고독을 메우기 위해서가 아
니라, 고통이라는 떨림을 함께 느낌으로써만 사랑은 이어
지는 것이 아닌가.

사랑에 대한 질문을 마칠 수 없었기에 이 시를 썼다. 컴
컴하게 멀어버린 눈으로, 알아볼 수 없게 늙어버린 너의
모습을 알아보듯, 먹먹하게 멀어버린 귀로, 분간할 수 없
이 울어대는 너의 목소리를 알아듣듯. 내 안의 살아가고
죽어가는 노인과 아기에게 썼다.

나를 때린 중학생 오빠에게서 받았던 편지 봉투 안에는

봉숭아 씨앗이 들어 있었다. 그 봉숭아 씨앗은 어떻게 되었을까. 나는 내가 왜 맞았던 건지, 아직도 기억나지 않는다. 아마 버려졌겠지. 쓰레기통 속에 캄캄하게 버려져, 다시는 싹을 틔울 수 없게 되었겠지. 그 시간의 나는, 잠든 아이의 숨소리 곁에서 느끼고 있는 이 밤의 고독을 상상하지 못했겠지. 이 밤의 내가, 저 시를 쓰며 느꼈던 나의 고독을 정확하게 떠올리지 못하고 있는 것과 같이.

나는 나에게서 멀어져 지금의 내가 되었고, 나에게서 나로 이어지는 시간들은 구불구불하고 컴컴하다. 검은 숲에서 검은 숲으로 이어지는 끝나지 않을 오솔길처럼. 지금의 나의 목소리가, 그때의 나에게 닿을 수 있을지 모르겠지만, 안녕, 하고 안부를 묻고 싶다.

이 글을 쓰는 중에 나는 싹트지 못하고 버려진 봉숭아 씨앗에 대해 기억해내었다. 언젠가는 그 씨앗 속에 들었던 캄캄한 어둠에 대해 쓸 수 있다면 좋겠다.

人+形

인형의 등장

우리말의 '곰 인형'이라는 말을 뜯어보면 이상한 점이 있다. 인형은 사람 모양을 본떠 만든 장난감인데 '곰[熊]+인(人)+형(形)'이란 무엇인가? '곰 인형'이라는 단어에 들어 있는 '인형(영미권과 유럽권에서는 곰 인형이 특별히 테디 베어teddy-bear라 불리기도 하지만)'은 사람 모양을 한 장난 감을 뜻하는 말이었다가, 어떤 형상을 흉내 내어 만든 장난감을 지칭하는 것으로 의미가 전유되었을 것이다.

1890년 H. G. 언더우드가 편찬한 『한영ᄌ뎐』에는 '인형'이라는 용례는 보이지 않고 'Doll'의 뜻풀이를 다음과 같이 하고 있다.

Doll: n. 쟉란가음으로 ᄆᆞᆫ든 어린ᄋᆞ히

어린아이의 장난감이 아니라, 장난감 용도로 만든 어린 아이 형상이라는 뜻. 재미있다. 1911년의 J. S. 게일의 『한영ᄌ뎐』에 '인형'이라는 단어가 등장하는데, 여기서는 그 뜻

을 다만 "人形(사름)(형샹) Human shape"으로 풀이하고 있
다. 이후의 개정증보판인 1931년의『한영즈뎐』에 "A doll;
a puppet"이라는 의미가 추가된다. 그리고 최근의 사전들
의 용례. 국립국어원 표준국어대사전과 프린스턴 대학교
의 온라인 사전인 〈WordNet〉, 포털 사이트 '다음'이 제공
하는 〈일본어 사전〉을 참고해본다.

> 인형(人形):「명사」① 사람이나 동물 모양으
> 로 만든 장난감. ② 사람의 형상. ③ 예쁘고 귀
> 여운 아이를 비유적으로 이르는 말. ④『고적』
> 뼈, 돌, 진흙 따위로 사람의 얼굴이나 몸체를
> 본떠 만든 고대의 우상(偶像). ⑤『북한어』자기
> 역할을 다하지 못하는 사람을 비유적으로 이
> 르는 말.

> doll: ① a small replica of a person; used as a
> toy ② informal terms for a (young) woman

> にんぎょう [人形]: 인형; 꼭두각시.

#1. 테디베어뮤지엄에서 내가 고른 곰 인형.

인형이라는 단어는 서양으로부터 일본을 거쳐온 한자어로 짐작되는데, 이 뜻풀이와 용례를 읽다 보면 여전히 기이하게 느껴지는 부분이 있다. 인형은 처음에 사람 모양 또는 작은 아기를 본떠 만든 장난감이었다——아기는 자신의 모습을 닮은 인형이라는 장난감을 가지고 논다——아기나 어린 여자아이의 귀엽거나 예쁜 모습을 비유적으로 표현하는 말로 '인형같이 귀여운 아기'라거나 '인형처럼 예쁜 소녀'라는 말이 성립한다.

'복제물replica'에 비유되는 '원본human'. 자신을 흉내 내어 만든 인형의 예쁨을 빌려 재현되는 아기 또는 소녀의 외모. 원형을 모방하고 재현한 사물이 다시 이데아가 되는 구조. 인형은 인간을 모델로 하여 만들어졌지만, 한 사회의 의식과 문화 속에서 인간의 모델이 된다.

이와 같은 도치倒置 현상에는 아마도 움직이는 현실과 살아 있는 형상은 결코 이데아가 될 수 없다는 의식이 스며 있다고 생각한다. 한편 위의 〈일본어 사전〉의 뜻풀이에서 볼 수 있듯이, 생명 없는 인형의 속성은, '난 네 인형이 아니야'와 같은 문장에서처럼, 주체성과 자율적 의지가 없는 존재를 뜻하는 말로 전이되어 사용되기도 한다. 헨리크 입센의 희곡 『인형의 집』 속 노라처럼, 가짜를 닮은 진짜는 그 생명성을 의심받는다.

　말의 역전과 순환, 현실과 모사, 생명과 비생명의 사이클을 흥미진진하게 함축하고 있는 이 단어는 이곳에서 저곳으로 나의 느낌을 확장시켜간다. 그리고 떠오르는 몇 개의 장면들.

#2. 테디베어뮤지엄에서 아이가 고른 곰 인형.
우리는 쉽게 합의에 이르지 못했고,
"둘 다 사자"라는 아이의 말이 해결책이 되었다.

장난감 신부, 사랑을 흉내 내다, 자동인형들의 세계

　식민지 경성의 작가 이상李箱의 텍스트들에는 자연/인공, 자연/모조, 가짜/진짜, 생명/비생명, 현실/이상, 실재/관념과 같은 범주들이 서로 대결하고 넘나든다. 문명 이전과 이후의 변경선을 가늠하는 이 범주들의 분할과 불화와 공존을 묘사하는 그의 글들은, 현대성에 대한 암시를 준다.

"꽃나무는제가생각하는꽃나무를 열심으로생각하는것
처럼 열심으로꽃을피워가지고섰소. 꽃나무는제가생각하
는꽃나무에게갈수없소"(「꽃나무」)라는 시구보다 더 현대
의 절망을 적확하게 표현한 문장은 잘 떠오르지 않는다.

모사와 모방이라는 삶과 예술의 오랜 키워드, 그리고
도달할 수 없는 대상-존재-이상과의 거리. 삶은 영원히
"이상스러운흉내"에 불과할 뿐임을 전하는 쓸쓸한 관망.
이상은 이 거리감을 때로 여자와의 관계를 통해 표현하였
는데, 그가 비유적으로 쓰곤 했던 '새' '천사' '낙타' 등과 같
은 여자 또는 아내의 이미지 중에서 내게 가장 매력적이
었던 것은 '장난감 신부toy bride'다.

> 장난감신부살결에서 이따금 우유내음새가 나기
> 도한다. 머지아니하여 아기를낳으려나보다. 촛불을
> 끄고 나는 장난감신부귀에다대이고 꾸지람처럼 속
> 삭여본다.
> "그대는 꼭 갓난아기와같다."고……
> [……]
> 장난감신부에게 내가 바늘을주면 장난감신부는
> 아무것이나 막 찌른다. 달력. 시집. 시계. 또 내몸 내
> 경험이들어앉아있음직한곳.
> [……]

나는 아파하지않고 모른체한다.
　　　　　　—이상, 「I WED A TOY BRIDE」 부분

　"장난감신부살결에서" "우유내음새가 나"는 건, 그녀에
게서 갓난아기의 모습을 발견하려는 데서 온 '나'의 후각
적 착오인지도 모른다. "목장까지 산보 갔다왔다"는 장난
감 신부는 나의 말에 "성을 내이고" "아무것이나 막 찌른
다". 매일의 달력과 시간과 "시집", 내 몸의 감각과 기억이
서린 그곳들을.
　장난인지 진심인지 모를 일이다. "장난감신부에게 바늘
을" 준 것은 내가 아니었는가. 장난감 신부와 결혼한 것도
나이므로, 내가 하는 종국의 행위는 "아파하지 않고 모른
체"하는 것. 그러나 아프지 않을 리는 없는 것이다.
　속고 속이고, 찌르고 찔리고, 진짜 같은 가짜와 가짜
를 흉내 내는 진짜의 일그러진 하모니는 기이하게 초현
실적이다. 모조 근대, 모조 도시에서 횡행하는 가짜들을
견디기 힘들어 바다를 건너 동경으로 갔던 이상은, 경성
의 원본이라 여겼던 동경이 결국은 서구나 브로드웨이
의 다른 모사模寫임을 깨달았고, 곧 죽음을 맞았다. 동경
의 "혼모노(ホソモノ: 진짜)행세"(이상, 「사신私信 7」)에 구역
질을 느끼면서.
　이상에게 흉내, 가짜, 모사는 언제나 진짜의 결여를 상
기시켜주는 것이었다. 모조와 인공의 이미지가 가득한 그

의 시들에는 근대의 인간으로서 느끼는 지독히도 인간적인 슬픔이 있다.

그렇다면, 인간적인 것이란 무엇인가?

옛날 지구에서 대학에 다니던 시절, 우리 철학 교수는 어느 날 강의실로 들어오자마자 [……] 대뜸 이런 질문을 던졌다.
「인간이란 무엇인가?」
[……]
이렇게 해서 나는 인간이 이성적 동물이라는 사실을 알게 되었고, 인간이 웃는 존재이며, 인간은 짐승과 천사의 중간에 있는 존재이고, 인간이란 자신의 행동의 부조리함을 자각하면서도 그런 행동을 하는 자신을 바라보는 자기 자신을 바라보는 존재이고(이건 비교 문학을 전공하는 여학생에게서 나온 말이었다), 인간은 문화를 전달하는 동물이며, 인간은 동경하고, 긍정하고, 사랑하는 정신이며, 도구 사용자이며, 망자를 매장하는 존재이며, 갖가지 종교를 발명하는 생물이며, 자기 자신을 정의하려고 시도하는 존재인 것이다.
[……]
그때, 내 대답은 이랬다. 「인간이란 그가 그때까

지 한 모든 일, 하고 싶거나 하고 싶지 않은 일들,
했으면 좋았을 것이라고 생각하거나, 혹은 안 했으
면 좋았을 것이라고 생각하는 일들, 이 모든 것의
총합이다.」

　[……]

　사랑하는 존재?

　이것은 내가 반박할 수 없을지도 모르는 유일한
정의였다.

　나는 겨드랑이까지 차 오른 물속에서, 어린 딸을
어깨 위에 태우고 있는 어머니를 보았고, 그 어린
딸이 자신의 인형을 어머니와 똑같은 방법으로 어
깨 위에 태우고 있는 것을 보았다.

　　　　──로저 젤라즈니, 「폭풍의 이 순간」에서

　도시를 삼키는 종말과 같은 폭풍우 앞에서, 딸의 생명
을 지키는 어머니의 행동을 생물학적 관점으로 설명할 수
도 있을 것이다. 가령 외부의 위협으로부터 자신의 새끼
를 보호하는 짐승의 어미에 빗대어. 후손을 보존하려는
種의 의지라는 식으로. 그러면 어린 딸은 어째서 "어머
니와 똑같은 방법으로" 인형을 자신의 "어깨 위에 태우고"
있는가? 자신의 가장 소중한 것이므로 잃지 않기 위해서?
물론 그럴 것이다. 그러나 그것만이 전부는 아닐 것이다.

　아이는 인형에게 생명이 없다는 사실을 분명히 알고 있

다. 인형은 아이에게는 다른 사물로 대체 불가능한 무엇일 수 있지만, 아이에게는 인형의 소중함보다 그것을 대하는 자신의 행위 자체의 숭고함이 더 중요해 보인다. 비록 자신이 그 사실을 깨닫고 있지는 못할지라도 말이다.

엄마가 자신에게 베푸는 사랑과 같은 감정과 행위를 동일하게 인형에게 베풀 수 있는 개별자로서의 자신. 사랑을 받기만 하는 존재가 아니라 베풀 수 있는 존재라는 사실. 이것이 인간이 인형을 대하면서 획득해가는 자아에 대한 개념이고, 인간/비인간에 대한 깨달음이다. 흉내를 통해서만 이루어지는 과정.

그러므로 인형이란, 아이라는 자아를 하나의 독립된 자아로 구분 짓고 확인시켜주는 대상이자 타자이다. 아이는 인형을 사랑하지만, 때로는 던지고 잡아 뜯고 괴롭히면서 생명/비생명의 차이를 확인한다. 이와 같은 감정과 정서와 행위의 흉내 내기라는 일련의 과정을 거치며 자아를 확립하지 못한 어른-아이는, 생명 있는 존재를 그렇지 않은 존재처럼 대하거나 그 반대로 행동한다.

인형에 대한 기록은 기원전 100년경의 것이 남아 있다고 한다. 인류의 끝을 예상한다면, 인류의 종말 이후 남아 있을 가장 인간적인 형태는 아마도 인형일 것이다. 인간(정신)의 형상을 모사하는 그것으로서.

로버트가 즐긴 것은 찰흙으로 인형을 빚는 일이 아니라 이름의 한계를 알아내는 일이었다. 형상을 얼마나 변화시키면 이름이 더 이상 인형을 움직이지 못하는지 확인하고 싶었던 것이다.

[……]

"그렇다면 어떤 물체의 진정한 이름이란 무엇인가?"

"그 물체가 신을 반영하는 것과 같은 방식으로 신성한 이름을 반영하는 이름입니다."

"그렇다면 진정한 이름의 작용이란 무엇인가?"

"해당 물체에게 신성한 힘의 반영을 부여하는 것입니다."

[……]

만약 어떤 생물이 이름을 통해 표현될 수 있다면 그 생물을 복제하는 행위는 그 이름을 필사하는 것과 동일한 행위라는 사실을 간과했다. 생명체는 자신의 몸의 미세한 분신 대신, 그 어휘적 표현을 내포할 수 있었던 것이다.

인간은 그 이름의 산물인 동시에 그 매개체가 될 것이다. 각 세대가 내용물인 동시에 그릇이며, 자기 자신을 유지하는 반향 과정 속의 메아리로서 기능할 것이다.

——테드 창, 「일흔두 글자」에서

이 소설에서 인형에게 적합한 이름을 집어넣는 것은, 단순하게 말하자면 사물의 형태에 걸맞은 능력을 부여하는 행위이다. '인간의 도움 없는 자동인형의 복제'라는 아이디어를 통해 인간의 멸종을 막고자 하는 주인공의 의지는, 비생명의 가능성을 통해 생명을 극대화시키려는 인류의 아이러니를 함축하고 있다.

인형을 창조하고, 인형으로부터 인간을 배우고, 인형을 발전시키는 이 행위들은 인간과 예술과의 관계를 상기시킨다. 물렁물렁한 찰흙과 같은 질료로 사람의 형상을 만들고, 때로는 심혈을 다해 꿰매고, 부수고, 가장 마음에 드는 형태를 찾아 헤매고, 적합한 이름을 부여하고, 수집하고, 지구의 한편에서는 대량 생산이 계속되고, 궁극에는 인간을 상징하는 모든 것을 그 안에 집어넣으려는 욕망.

#3. 서촌의 빈티지 가게서 산 로봇 인형.
태엽을 돌리면 앞으로 나아간다.

인형이 때로는 어둠 속에 살아 움직이는 존재로, '기이

한 낯설음unheimlich'을 지닌 섬뜩한 타자로 나타나는 것은, '없던 형상'을 '존재하는 형상'으로 치환하고 그것에 이름과 감정을 부여함으로써 자신의 내면을 실체화시키려는 인간의 욕망이 그 형상으로부터 흘러나오기 때문이다. 흘러나오는 욕망. 입을 벌려 말하는 구멍은 불길하다.

그리고 나의 인형은 어디로 갔는가?

내가 기억하는 한, 나의 첫 인형은 엄마가 바느질하여 만들어준 헝겊으로 된 인형이었다. 솜을 넣어 봉하고 팔다리를 꿰매 붙이고, 갈색 털실 머리카락을 심은 인형. 묘사하자면 무언가 섬뜩한 느낌이 든다. 그리고 실제로도 그건 어느 정도 그랬다.

미세한 얼굴의 요소들과 장식적인 디테일이 부여되지 않았으므로 헐렁한 표정을 가진 인형. 요즘의 관점으로 보자면, 그것을 가지고 노는 아이 스스로가 상상력을 발동하여 표정을 부여하고 상황에 맞게 인형의 감정과 기분을 설정할 수 있다는 발도르프Waldorf 인형과 같은 것이라고 해야 할지도 모르겠다.

그러나 그것을 가지고 놀고 있는 어린 나 자신의 모습을 생각하면, 따스한 느낌보다는 어쩐지 외롭고 불안하며 묘하게 삐그덕거리는 것 같은 분위기가 떠오른다. 나는 나중에 시에서 그 인형을 화단에 파묻었다고 썼다. 아마도 사실이 아닐 것이다. 해져서 버려졌거나, 이사 통에 없어지거나 하였을 것이다.

그 인형을 생각하면, 내가 가지지 못했던 것들이 떠오른다. 열렬히 원했던 것도 아니지만, 그저 막연히 나의 것은 되지 않으리라고 생각했던 것들.

빛나는 크리스마스트리 아래 놓여 있는 선물 포장의 분홍빛 리본을 풀면 나타나는, 근사한 욕실과 주방 세트를 더불어 거느리고 있는 윤기 나는 머릿결의 날씬한 나나 또는 라라와 같은 이름을 가진 형상의 반짝임들. 아빠의 조금은 늦은 귀갓길 손에 들린 채, 생뚱맞은 느낌으로 주어지는 커다란 양배추 인형의 어리둥절하게 푹신한 양감. 먼 나라에서 돌아온 손님의 슈트 케이스에서 조심스럽게 꺼내진 발갛게 상기된 볼을 지닌 도자기 인형의 우아한 새초롬함에 대한 경탄.

하지만 내가 가지고 놀던 헝겊 인형은, 내가 가진 것들 그리고 내 곁에 있는 것들과 너무 닮아 있던 것처럼 여겨졌다. 어느 순간, 그것을 가지고 놀던 자신의 모습을, 내가 타자처럼 바라보게 된 어떤 시점에, 그것은 버려졌다. 나는 그 인형이 부끄러웠다고 썼다. 아마도 사실이 아닐 것이다. 거의 대부분의 사람에게서 인형은 버려지니까.

열렬히 원했던 것도 아니지만,이라고 나는 앞에서 말했다. 결국은 그런 것이다. 왜 원하지 않게 되었는지도 모르는 채로, 원하지 않게 되어버린 어린 나의 모습을, 나의 첫 인형(이라고 생각되는 그것)에 대한 시를 쓰는 순간, 알게 된 것이다.

미래의 인형들

아이는 테디베어뮤지엄에 큰 흥미를 느낀 것 같지는 않았지만, 관람 후에 들른 기념품 가게에서는 뜻밖의 고집을 부렸다. 분홍색 테디베어를 꼭 사야겠다는 것이다. 내가 사 주고(누구에게일까?) 싶었던 것은 그림책에 등장하는 것처럼 전형적으로 생긴 갈색 테디베어였다. 아이와 실랑이를 하게 된 것은, 채워보지 못했던 소녀풍의 취미에 대한 또는 이국적 이미지를 소유하고픈 욕망에 대한, 나 자신의 보상 심리였던 것일까.

무언가를 소유하는 순간, 또 다른 결여가 동시에 전개된다는 것은, 분명한 사실인 것 같다. 이 세계에 남기는 나의 어떤 흔적도 시간의 길이를 늘여서 보자면 지독하게 무의미하다는 사실, 공간의 차원에서라면 더욱 그렇다는 사실을 견딜 수가 없어서, 인간은 만들고, 부수고, 더럽히고, 때로는 끔찍해서 더욱 무의미한 행위들을 서로에게 해나가고 있다. 나의 이름을 투명한 펜으로 쓰고 또 쓴다. 우리의 아이들은 이 이상한 욕망들에 의해서, 낳아지고, 길러지고, 버려진다. 아이들이 소유하는 인형들도 그렇다.

귀엽고, 아름답고, 그럴듯하고, 낯익고, 갖고 싶고, 기분이 좋고, 대신하고, 대체하고, 사라지고, 안타깝고, 기억되고, 낡아가고, 부서지고, 버려지고, 기억되지 못하고, 상징하고, 만들어지는, 형상들.

그것이 더 이상 만들어지지 않는 순간, 당연하게, 이곳에는 어떤 욕망도 남지 않을 것이다. 좋은 것일까? 그럴지도 모른다는 생각이 든다.

화이트홀

화이트홀White Hole이라는 개념에 대해 읽은 적이 있다. 이론상으로 블랙홀의 반대 현상을 지칭하는 이 용어는 자신의 사상의 지평선Event Horizon으로부터 물체를 뱉어내는 원천으로서 행동한다. 그러나 이 이론상의 천체는, 블랙홀 자체가 스스로 정보를 방출할 수 있다는 주장에 의해 힘을 잃었다고 한다. 최근의 우주 이론에 대해 아는 바가 없는 나로서는, 그러나 그 개념을 정확히 이해한 것인지 모르는 채로 이 화이트홀이라는 존재에 대해 마음이 흔들렸다. 아마 매료되었다고 해야 할 것이다.

가령, 화이트홀을 검색하다 마주친 이런 문장들.

화이트홀의 사상의 지평선은 빛의 속도로 접근하는 그 어떠한 물체로부터도 표면상으로 멀어져서 침입하는 그 어떠한 물체도 가로지르지 못한다.

그곳은 이전과는 다른 우주이다.

블랙홀의 흡입구가 있는 세계와 화이트홀의 방출구
가 있는 세계는 전혀 다른 세계이다.

지구에서 달까지의 거리는 38만 4천 킬로미터이지
만 1미터의 웜홀이 생기면 한 발짝만 옮기면 달에
갈 수도 있다.

인용 출처가 명확하지 않은 이와 같은 문장들에 마주치
면서 나는 시적인 느낌이라고 해야 할 만한 감정에 사로
잡힌다. 우주의 비밀을 시적인 메타포로 해석하는 일은,
조금 진부해졌다고 해야 할지 모르겠다. 우주의 광대함과
인간이라는 존재의 미약함을 손쉽게 대립시키는 태도나,
그 대립이 반자동적으로 발생시킬 예술적 아우라를 염두
에 둔 것 같은 포즈도 경계하는―그럼에도 거기서 대체
로 자유롭지 못한―편이기는 하다.

그러나 내가 알지 못하는 세계에 대해, 명쾌하지만 아
름다운 방식으로, 상상하고 구상하고 그럼으로써 실체를
제시하는 이와 같은 문장들에 대해서 나는 여전히 한참
눈길을 두고, 생각하고, 결국 사로잡힌다.

그리고 나의 시, 또는 시 쓰기가 이 문장들이 증명하려
고 애쓰는 세계와 비슷한 것이었으면 좋겠다는 생각을 해
본다.

그것이 존재하는지는 알 수 없으나 모든 물체를 방출함

으로써 그것이 있음을 증명하는, 불안정하며 순식간에 블랙홀로 바뀌거나 완전히 사라질 수도 있는, 들어가는 세계와 나오는 세계가 전혀 다르며 실제로는 관찰된 바가 없는, 이전과는 다른 우주.

　지나치게 상징적이며 낭만적으로까지 생각되는 위의 문장들이 내 시 쓰기의 지향이라고는 할 수 없을 것이다. 오히려 실재는 이쪽에 가깝다. 시 쓰기의 프로세스 같은 것.
　스위치를 올리듯, 조금이라도 온몸의 감각을 열고 말랑말랑한 상태가 되려는 의식적/무의식적 노력을 한다. 그러나 턴 온turn on보다는 스탠바이stand-by의 상태. 그리고 멍해지거나 때로는 곤두서거나 때로는 하염없어진다. 흘러가는 사물들에, 말들에, 움직임에 눈과 귀와 빈 구멍과 그런 것들을 내주기 위해서. 그러다 순간, 마주친다. 가령 화이트홀 같은 단어 또는 현상에.
　그 말 또는 그 말이 가지고 있는 둘레 안으로 나는 들어갔다 나온다. 나올 때는 이전과는 조금 다른 나로 이곳에 출현하는 것만 같다. 예전에는 들어보지 못했거나, 그것이 존재하는 줄 알지 못했거나, 상관없이 살고 있었던 어떤 세계와 마주쳤으므로, 아마 아주 조금쯤은 달라져 있지 않으면 안 될 것이다.
　들어가는 구멍과 나오는 구멍 사이 비선형적 다차원의 길에서 마주친 것들을 뱉어내기 위해 애쓴다. 정지하다가, 때로는 암흑.

그러므로 나의 시 쓰기는 대부분 무의미한 절망 쪽에 가깝다.

무의미한 그것을 하고 있는 순간이, 내가 이 세계에 존재하고 있다는 것을 느끼는 순간일까? 아니면 느끼지 않아도 좋다고 생각되는 순간?

어느 쪽이든 쓰는 사람이 나라는 점에 있어서는, 쓰고 있는 순간만이, 그 사실을 증명해주는 것이다.

점과 점을 잇는 선분의 존재 방식
: 스피릿과 오퍼튜니티에 관한 몇 가지 항목들

영원히 종료되지 않을 여행이라는
프로그램을 너는 시작하게 된 것일까
아무 이유가 없이

네게 입력된 커맨드가 치명적으로만
너를 전진시킬 때

가장 먼 곳에서 전해 오는
모래바람의 정신을 기록하기 위해서는
온몸이 먼지에 뒤덮여야 한다는 것

어떤 세계의 시작도 먼지로 이루어진다는 사실을
너의 눈동자로 증명하는 것이다.

망가진 시간의 골짜기에 굴러떨어지는 스피릿

펼쳐져서는 안 되는 장면에

펼쳐지고 만 인공위성의 날개처럼

슬픔이 무한으로부터 전달되어온다.

무한과 무한의 사이에 찍힌 하나의 점과 같은
우리에게
　　　　　　　　—「스피릿과 오퍼튜니티」 전문

#1. 스피릿

영영사전 『Collins Cobuild Advanced Learner's English Dictionary』에 나온 단어 'spirit'의 항목 중 1, 2, 4번을 한국어로 풀이해보면 다음과 같다.

1. N. Your spirit is the part of you that is not physical and that consists of your character and feelings.

: 명사. 당신의 '스피릿'은 육체적 영역이 아닌 당신의 부분으로서 당신의 인격과 감정을 구성한다.

2. N. A person's spirit is the non-physical part of them that is believed to remain alive after their death.

: 명사. 한 사람의 '스피릿'은 죽음 이후에도 살아남아 있는 것으로 믿어지는 비물리적인 부분이다.

4. N. Spirit is the courage and determination that helps

people to survive in difficult times and to keep their way of
life and their beliefs.

  : 명사. '스피릿'은 사람이 힘든 순간에도 살아남아 그의
삶의 방식과 신념을 유지하게 하는 용기와 결단력이다.

#2. 쌍둥이

'오퍼튜니티'는 나사NASA의 화성 탐사 로버 프로그램
의 일부로, 2004년 1월 25일 화성의 메리디아니 평원에
착륙했다. 개발 당시 모든 측면에서 먼저 시험하고 만들
어진 스피릿이 험한 지형의 화산과 계곡에 낙하한 것과
반대로, 오퍼튜니티는 대평원의 작은 크레이터를 목표로
낙하했다. 66번의 재부팅 끝에 생존했으나 깊은 모래언덕
에 빠져 2010년 통신 중단, 2011년 나사에 의해 사망이 선
언된 스피릿과 달리, 오퍼튜니티는 모래언덕에서 빠지는
사고가 발생했지만 매일 조금씩 움직여 35일 만에 탈출에
성공했다. 오퍼튜니티는 2019년까지 15년간 화성에서 총
45.16킬로미터를 이동하며 임무를 수행했다. 스피릿과 오
퍼튜니티의 처음 계획된 임무 수행 시간은 화성일 90솔sol
로 지구 시간으로는 약 90일이 조금 넘는 시간이었다. 먼
저 도착한 쌍둥이 로버 스피릿의 정식 명칭은 '화성 탐사
로버-A', 그보다 훨씬 오래 살아남았으나 행성 전체에 불
어닥친 강한 모래폭풍에 작동이 정지된 쌍둥이 동생 오퍼

튜니티의 정식 명칭은 '화성 탐사 로버-B'였다. 그러나 오퍼튜니티가 계획보다 훨씬 더 장기간의 임무 수행을 할 수 있었던 것은, 화성의 모래폭풍이 태양 전지판에 쌓인 모래와 먼지를 계속해서 씻어주었기 때문이다.

#3. 화성으로 보내는 편지

"안녕, 오퍼튜니티! 네가 우주에서 좋은 시간을 보내고 있길 바라. 네가 얼마나 자랑스러운지 몰라. 그리고 널 안아주러 꼭 화성에 갈 수 있게 되길 소망해. —너의 팬 켄드라가 사랑을 담아."

#4. 종료 기능 없음

스피릿과 오퍼튜니티에는 애초에 종료 기능이 탑재되어 있지 않았다. 그들이 계획된 시간보다 훨씬 더 길게 화성에서 생존하며 임무를 수행한 것도, 종료 개념 없이 프로그래밍되었기 때문이다. 10여 년간 극한의 온도와 태양열 속에 탐사를 이어간 오퍼튜니티가 보내오는 사진의 화질은 점차 떨어지고 이동속도는 느려졌다. 스피릿은 오른쪽 앞바퀴 고장으로 후진 이동만 가능했다.

#5. 오퍼튜니티의 이동 경로

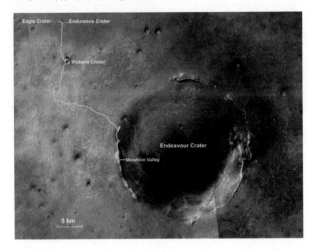

#0. 무한의 사이

우리가 이 세계에 존재하는 것은, 망가진 채로거나 굴러떨어진 채로서만 가능한지도 모른다. 이곳으로부터 가장 멀리 떨어진 곳에 있는 너를 상상해본다. 그곳과 이곳에서 우리는 홀로 떨어진 점처럼 아마도 만날 수 없을 것이다. 그러나 점과 점을 잇는 선분의 존재 방식에 대해 우리는 떠올릴 수 있는 것이다. 너와 내가, 마치 하나의 쌍둥이처럼 존재했던 먼지의 시간에 대해.

2부

아직 아무도 아닌

우리의 이름

목화 씨앗 이름

#1. 식물을 키우는 일

전지가위, 마사토, 펄라이트, 깔망, 다시팩, 퇴비, 목초액, 영양제.

전화기의 메모장을 무심코 넘기다가 발견한 어느 날의 구매 목록이다.

지난봄에 나는 몇 가지 식물을 들이고, 화분에 심고, 또다른 화분에 분갈이하는 일에 조금은 몰두해 있었다. 꽃집을 지나다 햇빛과 바람을 쐬고 있는 다육식물들에 눈길을 빼앗기고, 시장을 지나치다 우연히 발견한 화원 트럭에서 화분을 몇 개 정도 들일 수 있을까 고민하는 주말들이 몇 번인가 지나갔다.

나는 식물을 키우는 일에는 소질이 없다고 그동안 주위의 사람들에게 말해오던 터였다. 화분을 선물 받으면 예쁘다는 생각과 곧 죽이고 말 거라는 예감을 동시에 가졌고, 식물이 죽으면 거봐, 그럴 줄 알았다고 재미없는 이야기의 결말을 확인한 것처럼 중얼거리며 화분의 흙을 비워내곤 했다.

호기심에 끌려 몇 번인가 화분을 구매해보았을 뿐, 정작 식물을 키워본 적은 한 번도 없다는 것을, 나는 원예의 기초를 담은 책 한두 권을 읽으며 깨닫게 되었다. 키워보지 않았는데, 소질 따위를 왈가왈부할 수는 없다. 식물을 키운다는 것은, 내가 기거하고 있는 공간에 화분을 두고 가끔 물을 준다는 일과 동의어가 아니라는 것을 알게 된 것이다.

식물을 키우기 위해서는, 당연하게도 그것의 이름과 그것이 어떤 과에 속하는지를 먼저 알아야 했다. 남아프리카가 원산인 제라늄은 햇빛을 좋아하고 건조에 강하며 과습에 약하다. 원산지와 식물의 특성을 이해하게 되면, 제라늄이 잘 자라는 흙과 화분을 선택하는 일도 그에 따름을 알게 된다.

아파트라는 제한된 환경에서 키울 수 있는 식물은 그리 많지 않고, 아무리 환경에 까다롭게 반응하지 않는 품종이라도 알맞은 흙과 적정한 온도와 햇빛 그리고 충분한 환기가 주어지지 않으면 거의 대부분 죽어나갈 수밖에 없다.

화분에 담는 흙을 구성하는 종류만 어림잡아도 금세 열 가지가 넘어가는데, 그동안 내가 한 것은 아열대성 식물과 다육식물과 채소를 배양토 한 가지에 심어놓고, 줄곧 물이나 주면서 식물의 줄기가 과습으로 썩어나가게 하는 일이었음을 알게 된 것이 얼마 전의 일이다. 식물을 구매

하며 이름과 종을 확인하게 되었고, 흙의 종류를 몇 가지는 구분하게 되었으며, 파종과 분갈이를 해보게 된 것도 처음 해보게 된 일이다.

실전은 책에서 배우는 것과 같지 않다는 예시를 보여주기라도 하듯, 화원에서 신중하게 골라 거름과 환기에 신경 쓰며 열심히 키웠던 파프리카는 단지 열매 두 개의 결실을 보여주었을 뿐이다. 아이가 식목일 선물로 받아와, 마사토도 깔지 않고 배수 구멍도 없이 심었던 방울토마토가 천장을 뚫을 기세로 올라가 오래도록 주렁주렁 열매들을 달았던 것이 무색하도록 말이다.

사거나 선물 받거나 우연히 생긴 다른 화분들과 다르게, 처음부터 파종해 키운 한 개의 화분이 있었는데, 친구 해욱으로부터 받은 목화씨를 심은 것이었다. 해욱은 몇 년간 목화를 키워, 목화솜과 씨앗을 나누어 주고 있었다. 해욱의 비뚜름한 글씨가 쓰인 봉투는 옛날의 조제약처럼 삼각으로 접혀, 봉투를 푸니 채 열 개가 안 되는 씨앗이 들어 있었다. 신당이 원산지인 해욱의 목화 씨앗은, 씨앗을 얻은 연도와 그것이 파종된 '신당'을 이름으로 갖고 있었다. 솜을 틔워 씨앗을 받으면, 새로이 씨앗을 받은 나의 장소가 더해져 이름이 길어질 목화씨.

해욱의 섬세하고 다정한 설명서에서 이야기해준 대로, 물에 불려 뾰족하게 움이 튼 그 씨앗을 몇 개의 종이컵에 나누어 심었다. 이어 베란다에서나마 흙을 넉넉히 담을

수 있는 그로우 백 화분에 모종을 옮겨 심은 터였다. 지지
대를 세우고, 끈으로 묶어주고, 한 번은 과습이 된 것 같
아 흙을 갈아엎어 다시 심어가며 키운 모종은 가까스로
커 올라가다가 드디어 꽃송이를 피워 올렸다. 애초에 파
종이 늦은 터라 이미 가을에 접어든 무렵이었다.

#2. 말할 수 없는 입

글을 쓰는 사람으로서 살겠다는 생각을 정확히 언제부
터 하게 된 것인지는 잘 알 수 없다.

그것이 우울인지 모른 채로 우울한 시간들로 채워졌던
유년 시절, 잘 시간이라며 어른들이 방문을 닫고 나가면
몰래 불을 켜고 책을 읽다가 누군가 나오는 소리가 들릴
때마다 황급히 불을 꺼야 했던 밤들의 책이 대부분 소설
이었던 것과 관계가 있을지 모른다.

그보다 더 어린 시절, 독서 경험의 첫 기억으로 떠오르
는 그림책인지 만화책인지의 한 장면에 푸르고 탐스러운
긴 머리를 늘어뜨리고 있던 아마도 '라푼젤'이라 생각되는
소녀의 이미지가 주었던 강렬한 이야기의 매혹 때문이었
을지도 모른다.

또는 국민학교 6학년으로 올라가던 무렵, 학교 신문에
실린 내 글을 보고 찾아와 2학년 때 너를 때린 일이 미안
하다며 사과한 선배라는 사람의 봉숭아 씨앗이 담긴 편지

와 연관이 있을지도 모른다. 또는 어쩌면……

그런데 이 많은 장면들 중에서도, 이어질 장면은 그 당시의 내게나 지금의 내게나 글을 쓰지 않으면 안 될 것 같다는, 그러니 글을 쓰는 것밖에는 다른 무엇이 있을 수 없다는 암시를 강력하게 전달한다. 이 사회가 내게 요구하는 내 자리에 부과된 역할에 응답하는 일이 아니라, 내가 써야 한다고 느끼는 나 자신의 요구에 응답하는 글을 써야 할 것이라는 암시.

장면의 윤곽을 정리하면 이렇다.

신생 학군으로 이름을 떨치던 지역의 신생 사립 여고의 2기 입학생이었던 우리에게, 학교의 규율은 폭력적이었고 성적에 대한 압박은 지나쳤으며 여러 교사들의 인격은 형편없었다. 학기 초의 모의고사에서 반 평균 성적이 수위를 차지하지 못했다는 이유로, 아마도 그중의 90퍼센트 이상은 담임 자신의 히스테리를 얹은 모욕적 언사와 체벌을 당한 우리들 중 누군가—그러니까 전교 1등이었던 반장—가 칠판에 항의의 표시를 담은 말을 썼고, 그것이 우리의 현실과 자존감과 인권에 대한 토론으로 이어졌다면 좋았겠지만.

다음 시간의 과목 담당 또한 형편없는 선생이었다.

다시 한 시간 내내 '너희들은 개돼지 그것도 아니면 노예'라는 등의 언사가 이어졌다. 할 말 있으면 종이에 써서 내라는 선생의 발언에, '우리를 그렇게 판단하는 이유가 무엇입니까?'와 같은 순진한 의문을 종이에 담은 나는 곧바로 교무실에 불려 갔다(선생은 혹시 우리의 반성과 사죄가 거기 씌어져 있기를 기대했던 것일까?). 곧이어 이어지는 사건(?)을 추동한 무리를 대라는 협박과, 그렇게 학교에 다니기 싫으면 자퇴를 하라는 협박과, 부모를 불러오라는 협박과, 등등.

협박의 퍼레이드 속에서 가장 빛났던 지점은, 전교 1등이었던 1학기의 반장은 단 한 번도 불려가지 않았다는 점이었으며, 이어지는 더욱 기이한 사실은 2학기 때 내가 반장이 되었다는 것이다.

하루에도 몇 번씩 교무실에 불려가 이어지는 해괴한 추궁——가령 자신을 욕하고 다니는 애들의 이름을 대라는——앞에 서 있던 그 시간의 나는 말할 수 없는 입을 지닌 존재였으며 말하지 못하는 입 자체였다.

당시 우리의 신체는 겨울에도 검은 스타킹에 흰 양말을 신어야 한다는 둥, 하복 안에 입을 속옷은 어떤 것이어야 한다는 둥, 선생을 불만이 담긴 눈으로 쳐다보면 안 된다는 둥, 여러 가지 방식으로 구속당하고 있었다. 시선조차 주체적으로 지닐 수 없는 상황에서 내가 택한 유일한 방식은 아예 시선을 가진 주체로 존재하지 않는 것. 즉 학교에 있는 모든 시간을 잠으로 보내는 것이었다.

그러나 죽음의 상태가 아닌 한, 잠에서는 깨어나기 마련이고 의지적으로든 무의지적으로든 시선을 차단당한 이의 눈과 목소리를 빼앗긴 입은 어느 순간 열려서 나 여기 죽어가고 있어, 또는 나 여기 아직 살아 있어,라는 외마디를 발산한다.

열림의 순간, 검은 구멍에서 되쏘아진 빛살을 잡아둠으로써 어둠 쪽으로 완전히는 끌려가지 않는 방법이 내게는 글쓰기였다.

#3. 어떤 공통성과 무수한 개별성 사이에서

신체, 아니 정확히는 여성의 신체에 대한 구속은 내가 학교 안팎에서 습득한 신체와 외부 접촉에 관한 가장 강력한 이미지였다.

주말에 개방하는 여자고등학교 운동장의 대부분은 남학생들의 농구나 축구에 이용되고 있었고, 어느 토요일 친구들과 운동장 한편에서 농구를 하던 우리는, 또 다른 형편없는 한 명의 선생에게 '남자애들한테 꼬리 치려고 농구하는 척 한다'는 소리를 들어야 했다.

고등학교 교복을 벗은 졸업식 후 대학 입학을 앞두고 친구들과 떠났던 땅끝 마을로의 여행 첫날 밤, 우리는 잠근 문을 따고 들어온 성추행범에게 갈갈이 찢긴 속옷을 발견하며 잠에서 깨어나게 되었는데, 이와 같은 기억들은 한 명의 여성에게도 무수히 많을 뿐 아니라 몇 명의 여성이 함께 대화하는 순간 천일야화처럼 이어질 수 있는 것임을 알게 된 것은 오래지 않다.

가두는 옷과 찢긴 옷. 구속과 폭력을 통해 자각하게 된 여성이라는 나의 신체 이미지.

첫 시집을 낼 무렵, 출판사의 잡지 발간 모임이나 작가들이 모이는 자리에 가게 되면 종종, 시와 이름만 읽고는 남자인 줄 알았어요,라는 말을 듣곤 했다. 당신이 누구인지 잘 몰랐다는 뉘앙스를 걷어 내고 보면, 내 시의 언어는 여성보다는 남성처럼 보이는 방식으로 씌어졌다는 것인가? 그렇다면 여성처럼 보이는 언어와 남성처럼 보이는 언어는 구분된다는 것인가?라는 의문이 들었다. 어색함에 별 뜻 없이 던진 말일 수 있겠으나, 그런 말을 했던 사람들이 아마도 모두 남성이었다는 생각이 든다.

먼저 어떤 젠더가 구체적으로 드러나지 않는 언어의 기본값을 남성의 것이라 상정하는 태도도 여기 존재하는 것일까?라는 또 다른 의문과는 별도로 시를 쓰는 스스로에 한해서, 나는 어떤 태도로 나의 언어를 발화했는지 되묻게 되었다.

특히 첫 시집에서 나는 굳이 화자의 젠더를 구체화시키지 않는 방식으로 신체 이미지를 사용했던 것 같다. 소년과 소녀와 어른과 노인을 오고 간다는 느낌으로 화자의 목소리를 상정하는 적이 많았는데, 생각해보면 여기에 까닭이 없는 것은 아니었다.

사춘기 이후 대부분 구속과 폭력의 언어들에 의해 물리

적으로 가시화되었던 나의 신체에 긍정적 감정을 가질 수
없었던 것은 물론이지만, 어떤 앞선 시들이 보여주었던
여성의 신체 이미지들에 나는 거리감을 느끼고 있었다.

절규와도 같은 방식의 찢기는 여성 신체들에 관한 묘사
뿐 아니라, 대지나 모성의 상징으로 드러나는 여성의 신
체 이미지들 또한 내가 표현할 수 있거나 표현하고 싶은
현실과는 거리가 멀게 생각되었다. 말할 수 없이 봉인된
입이 품고 있는 어둠처럼, 내가 지닌 나의 신체 또한 그렇
게 명확하게 규정지어지는 것이 아니었다.

나는 모호한 혼돈 덩어리로서 때로 어쩔 수 없이 열리
는 입과 같은, 엄연함과 소거됨 사이에 가까스로 존재하
는 신체에 대해서만 부분적이고 산발적으로 말할 수 있을
뿐이었다.

두번째 시집을 묶으며 아이를 낳은 사람으로서 나는 조
금 다른 지점에서 말할 수 있게 되었는데, 그 달라짐은 여
성의 신체에 대해 씀과 동시에 성장과 죽음을 품고 있는
아이와 인간의 신체에 대해 쓰게 되었다는 사실에 닿아
있을 것이다.

두번째 시집을 낸 직후에도 종종 나는, 아이를 낳고 나
더니 애 엄마 이야기만 한다는 반응에 부딪치고는 했고,
이런 말을 던진 이들 또한 모두 남성이었다고 회상이 되
는 것이다.

#4. 다시 목화 씨앗 이야기

그러니 개별적 현실 그 자체로 육박해 접근하지 않는 한, '나'는 '여성' '작가'로서 글을 '쓴다'는 문장의 의미는 확정되지 않는다.

'여성'+'작가'로서+글을 '쓴다'는 문장은 힘겨운 사실로서 성립하는 것임에도 분명히 그 안에 어떤 우연이 개재되어 있다.

나는 여성이라는 젠더로서 성장해왔고, 어쩌면 작가가 아닌 교사로서 글을 쓸 수도 있었을 것이다. 그러나 쓰고 있는 순간의 이 '나'를 이룬 장면들에는, 앞서 쓴 것처럼 한국의 여성 작가로서 겪어왔던 무수한 사례들의 공통성과 개별성이라는 중층의 층들이 존재할 것이다.

때로 나는 '여성 작가'로서 글을 쓰고 있다는 사실보다, '비정규직 여성'으로 글을 쓰고 있다는 사회적 조건에 더 결부되어 있고, 한편으로는 여성 '작가'로서 글을 쓰고 있다는 사실보다 '아이를 양육하는 여성'으로서 글을 쓰고 있다는 사실이 내게 더 중요할 때도 있다.

'시를 읽고는 남자인 줄 알았어요'라는 말이 정말로 무의미하게 들리는 것은, 하나의 시를 가로지르며 드러나는 사회적 조건들은 남자와 여자라는 이분의 젠더로만 이루어지거나 분별되는 것이 아니라 무수히 갈라지는 복합적인 중층 위에 존재한다는 것이다.

떡갈잎고무나무를 키우는 토양은 상토, 배양토, 분변토,

마사토, 피트모스, 펄라이트, 질석, 바크, 훈탄, 부엽토, 제오라이트, 코코피트 등 여러 가지 성분의 몇 가지 또는 여러 가지의 배합으로 이루어진다. 이 토양에 대한 어떤 이해와 분별 없이 '당신을 키운 것은 모래인 줄 알았는데 흙이네요'라고 말하거나 '당신이 발 딛고 있는 토양은 흙인 줄 알았는데 돌이네요'라고 하는 말은, 식물을 키워보지 않고서 키움의 소질을 논하는 것만큼이나 심각한 착각을 동반하고 있다.

아이를 낳은 후, 나는 내가 뿌리내리고 있는 사회적 토양에 대해 생각해야만 하는 여러 장면들에 맞닥뜨리게 되었다. 어떤 모임 후의 회식 자리에서 출산한 지 얼마 안 된 나를 본 여자 선후배들은 많이 힘들지 않았냐는 안부와 염려를 담은 말들을 건네었고 나는 그들의 질문에 답하고 있었다. 그리고 바로 옆도 아닌 꽤 멀리 떨어진 자리에 앉아 있던 한 남자 선배에게서 아줌마들 모여서 또 저런(어떤?) 이야기 한다는 핀잔과 함께, 출산 경험이 없는 다른 한 여성에게 건네는 그 자리에 끼어 고생한다는 염려 어린 발언까지 이어서 들어야만 했다.

새로운 생명의 탄생이 나의 신체를 통해 발생했다는, 믿을 수 없을 만치 경이로우며 동시에 죽음과 맞닿아 있는 절대적인 고통을 한 개별적 신체로 겪어야 했던 경험. 그 고독의 구체를 공유하고자 했던 우리들의 연대감은 그 자리에 있는 한 남성의 언어에 의해 '아줌마들의 지겨운

(73)

수다'로 치부되었다. 여성들의 입이 동시에 닫히기를 요구받는 이와 같은 장면들은 이후에도 지속적으로 집요하게 반복된다.

'여성이 시를 쓴다는 것'이라는 주제의 강의에 초청되어 정한아 시인과 함께 서로의 시에 대한 이야기를 나누는 기회를 가진 적이 있다. 다른 시인들의 순서도 예정되어 있었고 각자의 코너에 제목이 붙어 있었기에, 우리 둘은 만나서 우리 순서의 제목을 정해야 했다.

그와 내가 함께 정한 제목은 "아직 아무도 아닌 우리의 이름"이었다. 각자의 시구절을 조합한 것이기도 했지만, '여성이 시를 쓴다는 것'이라는 주제에 예상되는 제목의 공통성으로 정한아 시인과 나의 시적 개별성을 묶기도 어려웠기 때문이다.

재미있게도 그와 나 둘은 강의에 초청되어서도 서로 조금은 다르게, 또 조금은 만나는 지점이 있다는 듯 '아직 아무도 아닌 우리의 이름'이라는 지시의 함의에 대해 각각 이야기했다.

그렇게 '우리'의 이름은 함께 불렸지만 아직은 '아무'라 불리기를 거부하고 있었다. '아줌마'라는 이름의 하나로 묶이는 순간, '아직'의 가능성들은 숨을 못 쉬고 말라 죽어간다.

때 이른 추위에 실내로 들인 목화는 꽃만 틔우고 다래가 벙글지 못했다. 조금 더 긴 이름을 얻을 수 있었을 목화 씨앗의 새 이름은 그러므로 떨어진 꽃 속에 대기 중이다. 나는 언젠가 친구에게 다시 씨앗을 선물 받아 파종해야 할지 모른다.

씨앗의 이름은 그것이 자라난 토양과 시간에 의해 달라져 있을 것이고, 내가 틔워낼 새로운 씨앗의 이름 또한 옮겨 온 나의 장소에 따라 다른 이름이 될 것이다.

사랑의 권리

어느 주말, 나의 아이와 동갑인 조카가 소꿉놀이를 하고 있었고, 나는 무언가 일을 해야 한다는 이유로 좀 떨어져 소꿉놀이하는 아이들의 목소리를 듣게 되었다. 동물원을 구성하는 기린, 코끼리, 펭귄, 물개, 하마, 사자, 나무, 구유, 아이스크림 가게 등의 작은 미니어처들이 있었고, 아이들은 나무 울타리를 만들었다 부수었다, 나무 사람을 집었다 쓰러뜨렸다 하며 한참 동안이나 소꿉놀이를 계속하고 있었다.

교회의 주일유아학교를 다녔던 조카아이와 때마침 그리스신화를 읽고 있던 나의 아이는 동물원과 관람객의 서사가 아니라, 천지창조와 세계 멸망 그리고 노아의 방주가 등장하는 『창세기』 버전의 서사가 더 흥미진진한 모양이었다. 주말에도 책 나부랭이를 끼고 있느라 그 놀이에 끼지 못한 나 자신이 애석하도록 그들의 서사는 드라마틱했다.

어떤 물건도 다 살 수 있는 가게가 있다고 하자

손님이 줄 수 있는 가장 소중한 것이 물건의 가격
이 되는

내 아이와 너의 아이가 사랑을 하는 동안

신들은 가혹하다고 하자 세상을 멸망시켰다고
그래도 인간만은 용서해주었다고 하자

나는 아무것도 하지 않고 있었네
들려오는 것들만 듣고 있었네

그런데 신의 한 자손이 인간의 세상이 궁금했다고
하자
신의 허락을 받을 수 없었다고 하자

우리의 아이들은 너무 아름다워서

몰래 방문한 세계는 이해할 수 없었다고 하자
신들에게도 이해받을 수 없었다고 하자

투명하게 반짝이는 지상의 모든 물건에 그들만의
값을 매기고

하늘로 가는 문들은 전부 닫혔다고 하자

나는 결코 그 가게의 손님이 될 수 없었다
　　　　　　　　—「천상의 피조물들」전문

　「천상의 피조물들」의 모티프는 이 휴일의 한 장면에서
비롯되었다. 작은 고사리손으로 그보다 더 작은 피조물들
을 조몰락거리며 그들이 읽었던 지상의 이야기와 상상해
낸 천상의 이야기를 섞어 하나의 세계를 만들어내는 아
이. 내 몸에서 나왔으나 내게서 비롯되지 않은 것만 같은
나의 아이. 내게는 그들의 모습이 천상과 지상을 잇는 사
랑을 하고 있는 것으로 보였다. 그들의 사랑에는 내가 낄
자리가 없었기에 일요일의 한 장면은 더욱 아름다워 보였
던 것일까.
　내가 이 시에서 쓰고자 했던 사랑이란 무엇이었을까.
언제나 보던 주위의 사물들이 어느 순간 낯설어지고, 하
나의 빛이 그곳을 쏘이는 것처럼, 환해지는 하나의 장소.
나의 속俗이 무색해지도록 아름답지만, 너무나도 속의 한
가운데 있어 성聖으로는 환원되지 않는 시간. 만지면 사
라질 것처럼 멀지만, 발견하지 않으면 아무것도 아닌. 말
하고자 할수록 달아나서, 입을 여는 순간 그 말에 소외되
어 우주처럼 고독해지는 단어.
　이런 사랑을 누가 시 속에서 쓰고 있었던가. 내게 '사랑'

의 한국어 저작권 중 가장 큰 권리를 지닌 시인이 있다면 그는 김수영이다. 김수영의 시가 아니었다면, 한국어로 시 속에서 사랑에 대하여 쓴다는 것에 대해 나는 이만큼 자유로울 수도 없었고, 또 지금처럼 구속을 느끼지도 않았을 것이다.

김수영의 시들에서 나는 묵은 사랑, 벗겨지는 사랑, 잠입하는 사랑, 무식한 사랑, 어린애가 되어가는 사랑, 놋주발보다 쨍쨍 울리는 추억처럼 유한하고도 영원한 사랑, 자라나는 사랑, 덩쿨장미의 기나긴 가시가지 끝의 사랑, 첨단의 사랑, 꺼졌다 살아나는 찰나에만 발견되는 사랑과 같이 변주되는 사랑들의 움직임을 볼 수 있었다.

그의 시 「파밭 가에서」나 「만주의 여자」에서, 「신귀거래 1」「거대한 뿌리」에서, 「사랑의 변주곡」「사랑」 같은 시들에서 발견한 이 무한히 움직이는 사랑의 목록이 아니었다면, 내게 사랑이란 너무 추상적이거나 신파적이거나 낭만적인 것이어서 어떻게 시의 단어로 등재할지 난감한 말이었을 수도 있다.

김수영은 내게 시 속에서 쓰지 못할 어떤 단어도 없다는 것을 알려주었지만, 동시에 쇄신이 없는 어떤 사랑의 말도 시의 진실한 언어가 될 수 없음을 보여주었다.

삶은 계란의 껍질 속에서, 곯아떨어진 친구의 술잔 속에서, 라디오의 재갈거리는 소리 속에서, 난로 위 끓어오르는 주전자의 물속에서 사랑을 발견하고, 그리하여 암흑

속 사랑의 봉오리와 함께 자라나는 우리들의 슬픔을 이야기했던 김수영의 시가 아니었다면, 사랑에 대해 내가 떠올릴 수 있는 한국어의 재산은 지금보다 훨씬 가난했을 것이다.

모기 소리보다도 더 작은 목소리로 아무도 하지 못한 말을 시작하는 것이 시의 시작이라는 김수영의 말은, 시작詩作이 어떻게 새로운 시작始作이 될 수 있는지 내게 실마리를 던져주었다. 모기 소리보다 더 작은 목소리에서도 시작은 가능하다는 김수영의 말에서 나는 시를 쓸 수 있는 희망을 얻으며, 아무도 하지 못한 말을 시작해야 한다는 그의 말에서 나는 어떤 시를 쓰는 순간에도 맞닥뜨릴 수밖에 없는 절망을 본다.

다시 나의 시 이야기로 돌아와서, 「천상의 피조물들」을 쓰고 난 후에, 나는 김수영의 시 한 편이 생각나 찾아보았다. 「금성라디오」라는 시였다.

기억과는 다르게 김수영의 시는 아이가 나온다는 것 외에는 내가 쓴 시와 유사한 점이 별로 없어 보였다. 이 시에서 시의 화자는 어느 맑은 가을날 금성라디오 A 504가 집으로 들어오는 광경을 표현한다. 5백 원인가를 깎아서 라디오를 일수로 손쉽게 사들여 온 것처럼 그는 자신의 몸과 자신의 노래가 타락했다고 고백한다. 헌 기계는 가게로 가고, 가게에 있던 기계는 옆에 새로 난 쌀가게로 타락해가는데, 새 이불과 새 책과 새 라디오가 승격해 들어오는 현실을 보며, 시인은 새로 들어오는 사물들에 비견해 자신의 노래가 낡고 타락해간다고 느꼈던 것 같다.

아내는 이런 일들을 어렵지 않게 해치우고 결단하고, 새 라디오를 보며 왜 새 수련장은 안 사 왔느냐고 아이가 대드는 생활과 곤핍의 트라이앵글. 이 속에 느끼는 시인의 자조 그리고 비애와 같은 추상적 감정은, 금성라디오와 카시미롱과 새 수련장과 같은 일상의 사물들이 갖는 구체성과 만나며 시의 씨실과 날실로 직조된다.

새것들이 승격해 들어오는 상승적 이미지에 헌 기계와 내 노래의 타락이라는 하강적 이미지가 대조되어 나타난다. 결단하는 '아내'와, 새것들의 손쉬운 도입에 우물쭈물 복잡한 심정이 되는 '나'의 모습이 엇갈리고, 맑게 갠 가을날이어서 내 노래의 타락은 더 선명하다.

김수영의 시는 단순해 보이는 일상의 에피소드 속에 간단치 않은 시인의 감정을 교차시킨다. 그가 집어내는 일상의 장면은 지극히 속되어서 읽고 있노라면 여름날 흰 반팔 러닝을 입고 앉아 있는 시인 김수영의 사진 속 모습이 떠오른다.

헌 기계의 타락과 내 몸의 타락을 함께 꿰뚫어 보는, 새 금성라디오처럼 승격하는 삶이 될 수 없는 자신에 대해 '개관'하는 시인의 눈빛은 형형해서, 침범하는 빛 한 줄기가 속된 생활의 한가운데로 쏟아져 내리는 것 같다.

이제야 다시 보이는 것들도 있다. 화자가 표현하듯 이런 어려운 일들을 어렵지 않게 해치운 것처럼 보이는 아내의 '결단'도 실상은 어려움과 혼란과 갈등 사이를 진자의 추처럼 왕복하며 얻어낸 힘겹고 지지부진한 것이었음에 관해, 김수영은 끝까지 몰랐을지도 모른다는 사실.

아내, 즉 여자의 유희는 '내 노래'의 타락과 대조되어 시인의 자조가 지니는 아이러니와 비애를 강화시키지만, 그 유희가 실은 현실에 매일같이 패배하며 일구어낸 자그마한 승리들이었다는 것.

이 사실들을 다시 볼 수 있게 됨으로써, 사랑에 관한 내 언어의 목록들은 이제야 내가 딛고 선 현실에 구체적으로 긴박된 채로 이 세계라는 두꺼운 책의 다음 페이지로 넘어가게 된다.

내 시의 제목인 「천상의 피조물들」은 오래전 피터 잭슨의 동명의 영화를 보지 않았더라면, 붙여지지 않았을 것이다. 그러나 쓰면서 이 영화를 한 번도 떠올린 적이 없었기에, 제목을 붙이고 난 후 데칼코마니처럼 영화의 이미지와 겹치고 번지는 이미지들이 의아하기도 했다. 후시녹음을 하는 것처럼 나의 시는 씌어지고 난 후, 「천상의 피조물들」의 어떤 장면들을 오마주하고 있는 것처럼 읽혔던 것이다.

이런 현상은 정신분석학적으로는, 내 무의식 속에 있는

영화적 이미지들이 저 시를 쓰는 순간 의식의 밑바닥에서부터 떠오르고, 결과적으로 아이들이 노는 이미지에 영화의 이미지가 겹쳐져 마치 우연처럼 「천상의 피조물들」이 시의 제목으로 정해진 것이라고도 설명할 수 있겠다── 혹은 피에르 바야르의 『예상 표절』식으로, 피터 잭슨이 나의 시 제목을 표절한 것일까?

이와 마찬가지로, 「천상의 피조물들」을 쓰고 나서 김수영의 「금성라디오」가 떠오른 이유에 대해서도, 나는 여러 가지로 설명할 수 있을 것이다. 그러나 이렇게 짧게 말하는 것이 더 좋을지도 모르겠다.

김수영은, 나같이 사는 것은 나밖에 없는 것 같다고 「강가에서」라는 시에서 말한 적이 있다. 그렇게밖에 말할 수 없었던 김수영의 수치를, 나는 이 시를 쓰기 훨씬 오래전부터 알고 있었던 것 같다.

옥희의 언어

> "[……]모지언, 지금 같은 시기에 한 사람의 운명은
> 중요하지 않아요." 모지언은 검은 얼굴을 들며 말했다.
> "한 사람의 운명이 중요치 않다면, 무엇이 중요합니까?"
> ── 어슐러 K. 르 귄, 『로캐넌의 세계』에서

얼마 전, 겨울옷에 생긴 보푸라기들을 제거하다 말고 이런 의문이 떠올랐다. 그런데 옥희는 그 후 어떻게 되었을까?

*

내가 떠올린 옥희는 식민지 조선의 작가 이상의 누이동생이다. 이상은 1936년에 부모의 반대를 무릅쓰고 애인과 북쪽 대륙으로 떠난 누이동생에게 쓰는 편지 「동생 옥희玉姬 보아라」를 잡지 『중앙』에 게재하였다.

논문을 쓰며 이 편지를 인용한 적도 있고, 오빠 이상에 대한 그의 회고를 읽은 기억도 있다. 그런데 작가 이상의

사상과 생애, 작품과의 연관 관계 등에 대해서만 집중해 보느라 그랬는지, '옥희' 씨가 집을 나가게 된 사정 같은 것이 잘 기억나지 않았다.

다시 찾아 읽어보았다. "아직은 이 사회 기구가 남자 표준이다. 즐거울 때 같이 즐기기에 여자는 좋다. 그러나 고생살이에 여자는 자칫하면 남자를 결박하는 포승 노릇을 하기 쉬우니라. 그래서 어느 만큼 자리가 잡히도록은 K 혼자 내버려두라고 재삼 내가 다시 충고하였더니 너도 OK의 빛을 보이고 할 수 없이 승낙하였다."

결혼식 같은 것은 언제 해도 좋으니 애인과 함께 가겠다는 누이동생을 말리며 이상이 했던 말이다. 예전에 읽을 때에는 전혀 눈에 들어오지 않았던 구절이다. 그리고 또 이상의 작품들에 등장하는 다른 여성들이 떠올랐다. 아내, 금홍이, 임이, 연이, 정희……

그들의 이야기를 그들 자신의 목소리로 듣고 싶다는 생각이 든 건, 그동안 내가 그들의 모습과 사정과 내면을 이상의 언어로써만 상상해왔다는 것을 알게 되었기 때문이다. "즐거울 때 같이 즐기기에" 좋은, "자칫하면 남자를 결박하는 포승"으로 여성들을 인식하던, 오빠로서, 남편으로서, 남성 작가로서, 기둥서방으로서 그들을 바라보던 이상의 시선을 경유해서만 그들의 욕망을 짐작해왔기 때문이다.

2016년의 가을, #문단_내_성폭력 해시태그를 통해 일어난 피해 생존자들의 증언과 말하기 그리고 이후의 싸움과 연대를 목격하며, 문학을 읽고 쓰고 가르치는 사람으로서 나는 예전과 같을 수 없었다. 이상의 언어들 사이, 그의 언어로 묘사된 형상들 사이 남아 있지 못한 언어들에 대해 상상해보게 되었다.

금홍이도, 옥희도, 임이도 당시에는 작가가 아니었기에 그들의 모습은 이상과 박태원의 편지나 소설 속에 조각들로서만 엿보인다. 그 조각은 삶의 일부를 구성하는 장면이라기보다는 스캔들의 형상에 가깝다. 스캔들의 주인공으로서는 어떤 누구도 주체의 목소리를 갖지 못한다.

식민지의 작가로서, 여성으로서, 조선인으로서 자신들의 목소리를 기록하고자 했던 여러 여성 작가들이 있다. 나는 그 언어들에 대해서도 잘 알고 있지 못하다. 그러니 옥희씨의 언어에 대해서는 더 잘 알지 못한다.

이상의 시 「가정家庭」을 분석해 발표했을 때, 외국에서 영문학을 전공하고 돌아왔던 한 선생님이 내게 이 시에 나타나는 가부장 의식에 대해 물었다. 나는 그 질문의 의미에 대해 어렴풋하게는 이해했지만, 식민지의 가난한 지식인 작가의 불안과 실존이라는 주제에 비해 그 질문이 부차적이라고 여겼던 것 같다.

"문을암만잡아다녀도안열리는것은안에생활이모자라는까닭이다"라는 이 시의 구절을 여전히 좋아한다. 그러나 "나는우리집내문패앞에서여간성가신게아니다"라는 이상 시의 한 구절을 읽으며 동시에, "날이면 날마다 그 먼 길을 문안으로" "와서 그날의 식량거리를 타 갔다"는 옥희를, 문패에는 없는 옥희의 이름을 떠올리지 않을 수 없게 되었다.

*

한국의 이른바 '문단'이라는 비가시적 시스템 주변으로 떠돌던 소문 안에서 스스로 걸어 나와 주체이고자 하는 목소리들이 2016년 이후에 들려왔다. 계속 거기 있어왔지만, 우리가 잘 귀 기울이지 못했기에 다시 비명과 호소와 고백 같은 들끓는 형식으로 터져 나온 목소리들이다. 그리고 그것을 검열하고, 삭제하고, 발췌하여 스캔들의 언어로 만드는 시선들이 있었다. 지금까지 그래왔듯 말이다.

이러한 시선을 통해서는, 지금 이곳에 실재하는 삶에 대해서 짐작할 수 없다. 그러므로 이 삶 건너편에 존재할 다른 세계에 대해서도 결코 상상할 수 없을 것이다.

누군가는, 스웨터의 보풀을 떼어내는 것처럼, 어떤 잡음들을 제거하고 나면 이 세계가 매끄러운 새 옷 같은 세계로 되돌아가리라고 생각하는 것일까? 나는 이 세계의 보풀과 같은 것들로 문학의 언어가 이루어져왔다고 생각했는데, 내가 생각해온 문학과 누군가의 문학은 서로 다른 언어를 사용하는 것일까?

*

초등학교 2학년 때였다. 반 아이들 중 몇 명이 숙제를
하지 않아 바지를 내린 채 매를 맞았다. 보는 것만으로도
수치스럽고 괴로워 지금까지도 잊을 수 없지만, 당시에는
누군가에게 말하지 못했다. 아마 그 아이들도 말하지 못
했을 것이라 생각한다.

숙제를 못한 아이들 중에는 여자아이도 한 명 있었는
데, 아이들이 바지를 벗는 걸 다 지켜보고 난 후, 담임은
그 아이에게 너는 어떻게 여자아이가 사람들 다 보는 앞
에서 바지를 벗을 수가 있느냐고 부끄러움을 모른다고 추
궁했다. 고개를 돌리고 싶었고, 귀를 막고 싶었으나 그러
지 못했다. 가슴속으로 뜨거운 것이 치밀어 올라 오래오
래 사라지지 않았다.

고등학교에 들어가자마자, 반성문을 쓰라고 담임에게
종용받았던 적이 있다. 그렇지 않으면 자퇴를 하라고, 그
리고 부모를 데려오라고. 이후 1년간 담임은 나를 집요하
게 괴롭혔지만, 역시 누군가에게 말할 수가 없었다. 나는
종이에 담임의 얼굴을 그려놓고 뾰족한 것으로 찌르는 것
같은 강박적 행동을 하며 그 1년을 보냈다.

목격하였으나, 말하지 못했고, 폭력에 노출되었으나,

저항하지 못했다. 나의 힘으로는 바꿀 수 없다고 생각했기 때문이다. 무엇보다, 그 이야기를 들어줄 만한 어른을, 찾을 수 없었다. 말하는 입을 갖기 위해서는, 그 괴로운 입이 트일 수 있기 위해서는, 이 이야기들을 들어주는 귀가, 그 고통은 너의 잘못이 아니라고 말해줄 다른 이의 목소리가 필요했다.

그때부터 시를 쓰기 시작했다. 나는 그 이야기들을 문학이라고 불리는 말하기로 다르게 말할 수 있으리라 여겼던 것 같다. 말하지 못했던 무력함과 슬픔을 비슷하게 겪었던 다른 이들이 알아들을 수 있으리라, 그사이 말해지지 못했던 이야기들까지 상상해낼 수 있으리라 어렴풋이 믿고 있었던 것 같다.

내가 사용하던 문학의 언어들이 한편에서 저 선생들의 추궁의 언어, 종용의 언어들과 다를 바 없이 가해와 권력을 포장하거나 또는 명백하게 재현하는 데 사용되고 있었다는 점을 깨달은 2016년 가을 이후에는 이 말하기에 대해 다시 생각했다. 애초에 문학을 순정한 발화의 체계로 상정하거나 믿은 바 없었고 문학의 행위는 내게 노동에 가까웠다는 사실로도, 오염된 언어들의 발가벗겨진 난무를 보는 괴로움은 줄어들지 않았다. 재현의 언어들이 지니는 힘이 여전히 너무 강하다는 사실이 가장 괴로웠다.

*

  2017년 1월 17일, 국회의원회관에서는 #문화예술계_
내_성폭력 대응 방안에 관한 토론회가 열렸다. 패널들의
발언이 끝난 후 자신을 문학계 성폭력 피해 생존자라 밝
히며 한 참여자는 말했다. 성폭력 사실 공론화 이후 사람
들은 과거의 일에 대해서만 관심을 갖는다고. 그러나 자
신에게는 현재 그리고 이후의 삶이 있으며, 중단된 노동
과 삶을 지속하기 위해서 무엇이 필요한가에 대해 대답해
달라고.

  스물아홉번째 '304 낭독회'에 참여한 한 낭독자는, 한강
의 『소년이 온다』(창비, 2014)의 일부를 낭독한 후, 세월호
참사 이후 자신이 느끼는 인간의 존엄에 관해 이야기했
다. 낭독을 하기 전, 같은 날 강남역에서 시작된 '세계여성
공동행진 서울'에서 걷고 있는 사람들과 이 낭독회에 있
는 자신이 연결되어 있음을 느낀다고 말했다.

  폭력과 시스템에 의해 훼손되고 중단되고 상실된 한
사람의 순간들이 있다. 그런 불연속이 존재하지 않는 삶
이라면, 아마도 삶이라고 부를 수 없을 것이다. 이 순간들
을 경험한 자신의 감각에 대해 말하고 기록하는 일은, 기
록을 통해 삭제당하는 과거를 살려내고 그럼으로써 과거
와 현재를 잇대기 위한 고통스럽지만 존엄한 싸움이다.
연결을 통해 삶은 지속되고 우리는 이후의 삶을 상상할

수 있다.

그러므로 각자의 순간을 말하는 입들을, 그 한 사람들을, 지켜보는 데 그리고 경청하는 데 공동체가 힘을 기울이지 않는다면 우리가 속한 공동체의 '우리'는 비어 있는 기호가 될 것이다. 텅 빈 기호를 칼처럼 휘두르는 것에 의해, 또 누군가의 순간들은 삭제될 것이며, 나 또한 그 누군가가 될 것이라 느낀다.

*

이 언어들은 때로는 너무 명징하고 때로는 너무 혼란스럽다. 고통은 선명하고, 고통이 내게 왜 일어난 것인지 알기 어려운 언어이기 때문이다. 고통을 넘어 노동과 쓰기를 계속하려면 무엇이 필요한지 묻고 있는 언어이기 때문이다.

그럼에도 생존하여 증언하는 이들이 잊지 않고 있는 사실들이 있다. 나에게 행해졌던 어떤 폭력으로도 나의 존엄은 훼손되지 않았으며, 살아남아 증언하는 나 자신의 언어로 인해, 바꿀 수 있는 것들이 있다는 것. 시스템은 폭력을 재생산하지만, 결국 중단되지 않는 삶의 연속성에 관해 쓰는 것 또한 폭력을 재현하는 언어를 가져와 다시 뒤집고 전유함으로써 가능하다는 사실.

이 사실을 증명하는 삶의 언어들과 그에 연대하는 언어

들에 대해 여러 갈래의 질문이 던져지고 있음을 안다. 이것은 우리가 아는 문학의 자리에서 너무 멀지 않느냐고. 또 다른 질문은 이러할지 모른다. 법과 제도에 관한 이야기를 문학에 관한 이야기로 치환하지 말라고. 하지만 법과 제도에 격렬한 의문을 던지면서, 이 세계의 폭력에 대해 증언하는 현재의 쓰기와 말하기를 '문학'이라는 단어로 비끄러맬 수 없다면, 흘러나오고 터져 나오는 상태로 이 언어들은 '문학'을 겨냥할 것이다. 그 언어들은 적중하는 듯하다가 비껴가며 제도와 법의 홑 뒤로 뚫린 이 세계의 구멍을 증언함으로써, 문학과 죽음을 동시에 넘어서려 할 것이다.

증언과 고백을 읽고 경청하며 나의 언어 또한 그 언어들과 뒤섞이게 될 것이다. 혼돈의 언어들을 읽어내지 못하는 사법 시스템과 가부장제 그리고 어떤 문학적 자세들 사이에서, 믿음은 지속되기 어렵고, 나는 계속 실패할지도 모른다. 그러나 함께 실패하는 다른 이들이 있다는 것을 알고 있으므로, 교실에서 혼자 돌아오던 어린 나만큼 외롭지는 않을 것이다.

*

그리고 이 자리를 빌려 사과하고 싶다. 변동림이라는 이름을 가졌던 김향안 씨, 한때 이상의 유고를 간직하고

보존하여 온전히 전하지 못한 책임을 들어 당신을 마음속
으로 비난했던 적이 있습니다. 미안합니다.

하복夏服을 입은 맨발

통증의 감각은 여전히 남아 있다. 심장의 근육이 죄어 들고, 피가 빠르게 돌고, 혈관이 피부 바깥으로 튀어나올 것만 같다.

*

나는 아이와 함께 있었고, 죽은 개가 거기 있었다. 한 사람이, 그렇게 개의 시체를 그대로 둔 나를, 힐난하는 듯 한 눈초리로 쳐다보았고, 나는 묻을 곳을 알고 있다며 그를 안내했다, 아이의 손을 잡고.

어찌된 것일까.

내가 알기로 그곳은 분명 한 굽이만 돌면 되는 곳이었 는데, 이상하게도 가까이 다가갈수록 산등성이 너머로 멀 어지는 것만 같았다. 나는 아이의 손을 잡고 그와 함께 헤 매다가 결국, 개의 무덤을 마련할 만한 곳을 발견하기 전 에 어느 건물에 도착했다. 건물에는 그 사람이 속한 동물 보호 단체의 사무실이 있었다.

'평화를 수호하는 모임'. 그것이 단체의 이름이었다. 그는 사무실로 들어가 사람들과 무언가를 의논했는데, 아마도 죽은 개의 시체를 묻을 만한 곳을 물어보는 듯했다. 사무실은 좌식으로 된 방이었고, 사람들은 둥글게 모여앉아 한참을 두런거리고 있었다. 나는 그 안으로 들어가지도 아예 떠나지도 못하고 무력하게 거기 서 있다가, 사무실 바깥에 있는 음료 자동판매기를 발견했다. 이래저래 아이와 나는 지쳐 있었고, 마음속으로는 그냥 이쯤에서 돌아갈까 망설이고 있었는데, 그러기는 어려울 것 같다는 생각이 들었다.

아이의 의사를 묻고, 나는 지친 나와 아이를 위해 따뜻한 음료수를 두 잔 뽑기로 했다. 믹스 커피 한 잔을 손에 들고, 다른 잔에 아이의 음료수가 채워지기를 기다렸다. 기계에서 떨어지는 물줄기가 그치고 두번째 컵을 꺼내 옆을 돌아본 순간, 아이는 그곳에 있지 않았다.

어디로 간 걸까.

건물 안에 들어가 거기 있는 사람들에게 아이를 봤는지 묻고, 다시 밖으로 나와 아이를 소리쳐 불렀다. 여기 와서 아이를 왜 찾느냐고 말하는 것과 같이 그들의 눈길은 무색무취했다. 건물 밖에는 유원지가 있었고, 아이는 여전히 나타나지 않았고, 나의 형제들은 족구를 하다 친구들과 소리 높여 싸우기 시작했다. 아이를 부르는 나의 목소리는 점차 울음이 섞여들어 갈라지고 있었으며, 넓고 희박한 공기 속으로 퍼져나가는 즉시 희미해졌다.

음료수를 한 잔만 뽑을걸, 아이의 손을 계속 잡고 있을걸, 지쳐서 물줄기가 그치기만을 기다리며 기계를 바라볼 게 아니라 아이에게 눈길을 한번 줄걸, 이름도 모르는 누군가의 눈초리에 못 이겨 이 먼 곳까지 아이와 함께 개를 묻으러 오지 말걸, 아니, 이 모든 것들을 처음부터 시작하지 말걸.

이어지는 후회 중에서 가장 절망적이었던 것은, 그곳이 나와 아이에게 다 낯선 곳이라는 사실이었다. 아이는 도대체 어디로 돌아올 것인가.

나는 심장의 아픔을 견디다 못해, 거의 초인적인 힘을 끌어올려 꿈에서 깨어났다.

신의 주먹이 심장을 꽉 움켜잡았다 놓아, 건포도알 만큼 까맣게 쪼그라든 것 같았다. 생각났다는 듯 가까스로 그것이 한 번씩 뛸 때마다 실제적인 통증이 흉곽의 바깥으로 전해져왔다. 그날 밤 자고 있는 아이의 옆에 누워서도 꿈 바깥으로 이어지는 내 심장의 통증은 사라지지 않았다.

*

피아노 레슨을 처음 받는 아이의 동그랗게 움켜쥔 손,

손가락 안의 작게 빈 공간, 너무 세게 치면 안 돼요 하던 말투, 그 모든 것은 잊혀져갈 것이다.

낯선 곳에 두고 온 내가 끝까지 잡고 있지 못했던 손가락의 꼬물거림과, 헤어지기 직전에 맞추지 못했던 아이의 눈길과, 기계의 물줄기가 떨어지던 시간의 길이와, 저 수많은 후회가 지나간 후에도 크게 터져 나오지 못했던 내 목소리의 끔찍함도, 어쩌면 먼 훗날에는 잊을 수도 있을 것이다.

그러나 안간힘을 다해 깨어났어도 사라지지 않던 저 통증은 내 몸 어딘가에 각인되어 있어서, 아이가 일곱 살이 아니라 열일곱 살이 되어도, 스물일곱 살이 되어도, 아이를 잃어버리는 꿈과 함께 심장이 뛸 때마다 다시 되돌아올 것이다. 그 순간만큼은, 아픔만이 내 몸의 주인인 것처럼 나의 모든 감각에 우선하여 나의 몸을 점유할 것이다.

죽을힘을 다해도 깨어날 수 없는 꿈이 있는 거라면, 그 꿈이 현실이라고 믿어야 한다면, 일곱 살 또는 열일곱 살 이후의 행방이 꿈에서도 현실에서도 다시는 찾을 수 없는 것이라면.

어떻게 해야 할까.

*

밤의 숨결에 젖어 들어 아이가 고르게 숨을 쉬고 있다.

나는 또다시 꿈속에서 아이의 손을 놓게 될까. 신은 그런 나의 심장을 또다시 세게 움켜쥐었다 놓게 될까. 통증은 기억이 차지하지 못한 내 몸의 한구석을 차지하고 나를 가만히 바라보고 있을까. 비웃지도 동정하지도 않고 그렇게 있을까.

2014년 4월 16일, 수학여행을 가던 고등학생들과 배에 탑승한 승객들이, 침몰해가는 배에서 구조를 기다리다가, 배 안에 대기하라는 명령에 구명보트에도 오르지 못한 채 배와 함께 침몰하였다. 시신으로 돌아오거나 시체조차 수습하지 못한 이들이 304명. 그대로 가만히 있으라는 선내 방송만 12회 이상 반복되었다.

수학여행을 가던 고등학생 2학년 325명 중 살아 돌아온 아이들의 수는 75명뿐이었다. 작가들은 이 사건을 추모하고 기억하고 정부의 책임을 묻기 위한 낭독회를 매달 마지막 주 토요일에 열고 있다. 돌아오지 못한 이들의 수를 가리켜 '304 낭독회'라 이름 붙인 이 작은 낭독회는 2022년 12월에 100회째를 맞았다.

2014년 봄 이후 가을이 지나가기까지 나는 지속적으로 심장의 통증을 느끼고 있었는데, 아이에게 팔을 내주고 누워 있으면, 아이가 "엄마, 어디 아파?"라고 물어왔다. 아이는 나의 표정을 바라보며 "마음이 이상해" 하며 울 듯한 표정을 지었다. 심장의 아픔이라는 물리적인 감각은 어디에서 비롯되는 것일까. 이 기억이 희미해지면 통증도 사라질까.

배와 함께 가라앉아 몸조차 돌아오지 못한 이들 중에
는, 일곱 살 아이가 한 명 있었다. 나의 아이와 같은 나이
였다.

*

하복夏服을 입은 소녀가 학교 화장실에 서 있다. 화장실
은 어둑하다. 냄새나고 축축하며, 여름의 여자고등학교
교복이란 종잇장처럼 얇아 종아리의 힘줄이 파랗게 도드
라져 있다. 화장실은 더러운 물로 질척인다. 소녀는 맨발
로 거기 서 있다. 혼자서.

그 소녀는 나의 얼굴을 하고 있다.

나는 고등학교를 졸업한 이후 이 꿈을 20여 년간 꾸어
왔다. 처음에는 이 꿈의 장면을 잊기 위해 시를 썼다. 지
금은 아마도, 이 꿈의 장면을 기억하기 위해 시를 쓰는 건
지 모르겠다는 생각이 든다.

애써 노력하지 않아도, 어느 밤인가는, 소녀의 얼굴을
하고 나는 여전히 학교 화장실에 맨발로 서 있을 것이다.
이유를 알 수 없지만, 결코 신발을 신을 수 없을 것이다.
교칙으로 규정되어 있던, 반드시 하얀색이어야 했던, 때가
탄 그 실내화의 행방을 찾을 수 없을 것이다. 왜 그 실내화
가 없어졌는지, 아무리 애써도 기억해낼 수 없을 것이다.

그리고 나는, 거기 혼자 서 있던 소녀의 맨발에 스며들던 차가움을, 심장이 뛰고 있는 동안은, 그 심장의 어딘가에 저 밤의 통증이 각인되어 있는 동안은, 끝내 잊지 않을 것이다. 기억나지 않는 아픔을 불러내는 것은 내 꿈의 몫이고, 기억하기 위한 통증을 받아 적는 것은 내 시의 몫이 될 것이다.

---

*　2016년 4월 16일, 세월호 참사를 다룬 TV 프로그램에서는 당시 세월호가 침몰해가면서 구조를 기다리던 시간에, 사건 현장에 투입된 열세 명의 해경 중 두 명의 해경이 구조 작업을 했으며, 나머지 인원은 청와대의 지시에 의해 대통령에게 보고해야 할 구조된 인원의 수를 세는 작업을 하고 있었음을 방송했다.

내가 상상한 문학은 아니었으나

#1. 생존자들

2014년 봄 이후 때때로 나는 내 영혼의 일부가 영영 죽어버렸음을 느낀다. "왜 헌화를 못 하게 하지?"라고 몇 번이나 혼자서 중얼거리던 내 친구의 영혼이 받은 상처를 느낀다. 어떤 사람들의 영혼이 절대 고치지 못할 모양으로 무너져 내렸음을 느낀다. 조금씩 깨지고 부서지고 금이 갔음을 느낀다. 어떤 사람들은 망가진 영혼의 모양으로 평생을 살게 되리라는 것을 느낀다.

─서섬길, 「어떤 기억은 아물지 않더라도」, 『스물아홉번째 304 낭독회: 그 봄, 가장 깊은 일』에서

마지막으로 아이가 구명조끼를 건넸던 여자아이의 얼굴을, 봅니다. 아이는, 봅니다. 자신이 그 시간을 앓고 있다는 사실도 모르고 아이는 봅니다. 자신이 겪은 일이란 것을 깜빡깜빡 잊으면서 봅니다.

그곳에 있었으면서, 없는 사람처럼, 아이는 봅니다.
그런 아이를, 저는…… 봅니다.

너희가 그곳에 남아 있었다는 사실, 사라져가도
록 남아 있었다는 사실, 너희가 갔는데, 우리가 남
아 있다는 사실, '우리'에게 '너희'가 남아 있다는 사
실을 아이들은 끊임없이 살아갈지도 모릅니다. 생
존 학생 혹은 '살아남은 이'라는 지칭이, 남아 있었
던 아이들과 시차를 두고 그렇게 이름을 나누는 것
이란 생각이 문득 들었습니다.

—오서영, 「아이에게」,
『네번째 304 낭독회: 없는 사람처럼』에서

인양되지 못한 채 훼손되었던 세월호의 선체처럼, 세월
호 참사와 관련된 사실의 조각들은 훼손된 형식으로서만
떠올랐다. 떠오르는 조각들을 찾고 읽고 지켜보며, 우리
는 '참사'라고밖에는 말할 수 없는 사건의 참혹함이 여전
히 끝나지 않았음을 느꼈다. 국가와 자본 그리고 정부가
협업이라도 한 듯 서로를 망가뜨리며 축조해간 2014년의
대한민국이 다다른 곳. 이 심각하게 병든 시스템이 만들
어낸 거대한 참사는 나에게 다음과 같은 사실을 환기시
킨다.

배의 침몰을 지켜본 나(우리)는 다만 우연히 배에 타지
않은 사람이었고, 그러므로 나(우리)는 대한민국이라는

시스템 안에서 다만 우연하게 생존한 사람일 뿐이다. 이 생존의 의미를 어떻게 받아들일 것인가?

나에게 2014년 4월 이후의 생존이란 다음과 같은 질문들에 대답할 수 없다는 것이다. 세월호에 탑승하였다면, 나는 배의 5층—조타실과 승무원실, VIP실이 있었던—에 있었겠는가? '가만히 있으라'는 시스템의 명령을 어기고 스스로 빠져나올 수 있었겠는가? 다시 한번 세월호 침몰과 같은 사건이 생중계될 때, 지인의 장례식에 참석하거나 강의실에 들어가는 것 같은 일상을 유지하는 일들 외에 다른 무엇인가를 할 수 있겠는가?

이 질문들은, 나 또한 304명을 구조하지 못한 시스템의 공모자이자 방관자인 동시에, 언제라도 다시 그 침몰하는 배의 승객이 될 수 있다는 점을 지시하고 있다. 나는 살아남았지만, 죽어 있다. 사라지지 않았지만, 존재하고 있다고도 느끼기 어렵다.

지속적으로 유족과 희생자 들을 훼손하는 비열한 말들, 진상을 규명할 시간과 기회를 차단당한 채 종료된 특별조사위원회, 속이고 거짓말하고 은폐하고 조작하는 정부, 그러나 더 절망적인 것은 이런 광경이다. 오랜 기간 공터인 부지에 들어올 기숙사 신축에 반대하며 쓴 '세월호를 잊었는가'와 같은 인근 아파트촌의 플래카드.

이곳에서 우리는 정말로 어떤 생존자들인가?

#2. 장소들

    분향소에서 416기억저장소(안산시 단원구 인현
중앙길 29 203호)까지는 1km, 20분 거리로 분향소
뒤쪽의 경기도 미술관을 지나 화랑저수지 바로 옆
길로 간다. 저수지를 지날 때 나지막한 광덕산 중턱
에 멀리 단원고등학교가 보인다. 10분 정도 걸어가
면 화정천이 길을 막는데 작은 징검다리를 건너면
아이들의 동네로 갈 수 있다.
　　　　　—최연택, 「슬픈 지도」, 『다섯번째 304 낭독회:
　　　　　　　　　　　　　　　떠오를 것입니다』에서

    아직도 엄마의 차가운 손을 만졌던 그 감각을 기
억하고 있어요. 앰뷸런스 안에 고요하게 누워 있는
시신에서는 바다 냄새와 소독약 냄새가 났어요. 저
는 그 냄새들을 맡으면서 더듬더듬 엄마의 손을 만
졌지만, 그 손에서는 돌덩이 같은 촉감만이 느껴질
뿐이었어요. 그 순간 저는 엄마가 말하는 것을 분명
하게 느낄 수 있었어요. "애야. 모든 것이 끝났다."
(중략) 이제 얘기가 아니라 그들의 얘기를 들을 차
례예요. 너무나 많은 말들이 범람한다고요? 아니요,
절대 그렇지 않아요. 그들에게는 계속해도 모자람
이 없을 만큼의 말들이 여전히 남아 있기 때문이에

(104)

요. 그리고 범람하는 말들의 더미 속에서 당신은 진실을 읽어내야 하고, 또 말해야 해요.

　　　—이만영, 「두 개의 시간—1993년의 10월과
　　　　2014년의 4월」, 『열한번째 304 낭독회: 멀리,
　　　　　　　　아주 멀리 있다고 해도』에서

　세월호 참사 이후 우리는 몇 번이나 소리 높여 물었다. 이것이 국가인가? 그리고 이후의 시간 속에서 이렇게 대답할 수밖에 없었다. 이것이 국가이며, 정확하게는 우리가 만든 국가다.

　나는 이 사실에 깊이 상처받았고, 이대로는 삶을 지속시킬 수 없을 것 같은 불능감에 사로잡혔다. 여기에서 나와 내 가족과 친구 들의 삶을 지속할 수 있을 것인가?라는 의문이 수시로 떠올랐다. 내가 지금까지 해온 말과 행위와 맺어온 사회적 관계들이 이곳의 시스템을 이루는 한 부분이었다면, 이제 어떤 말과 행동을 할 수 있을까. 어떤 새로운 관계가 가능한가.

　미래의 시간을 살아낼 힘을 얻기 위해서는, 과거와 현재를 잇고 그 지속이 나와 다른 이들과의 관계를 통해 계속될 것이라는 믿음을 지녀야 한다. 그들과 함께 우정과 사랑을 맺고 쌓아가면서 시간의 흐름을 견딜 수 있어야 한다. 모든 것을 망각으로 휩쓸고 가는 죽음이라는 불안에 대항하기 위해서. 그러나 과거의 진상을 규명하지 못했으

므로, 과거와 현재의 시간을 잇는 문은 아직 닫혀 있는 것과 같다. 미래의 시간 속으로 걸어 들어갈 수 있도록 앞을 비추는 빛이 차단되어 있다면 한 발 앞조차 캄캄하다.

그래서인 것 같다. 304 낭독회에 나가게 된 것은. 내가 읽고 쓰고 말하고 들어왔던 모든 글들은 무력함만을 상기했다. 문학의 무용함에 대해 읽고 배웠으며 강의까지 해왔지만, 억압하지 않는 것만으로는 공모의 혐의에서 벗어날 수 없다는 독백이 머릿속을 맴돌았다.

그러나 나는 여전히 쓰는 자였고, 읽고 쓰는 행위는 나의 노동이었으며, 나의 노동을 이곳에서 지속할 수 있을 것인지 확인해야 했다. 무엇을 말해야 할지 몰랐지만, 여전히 묻고 싶었고, 무엇보다 듣고 싶었다. 어떤 목소리를 듣지 않고 있었는가, 어떤 모습을 보지 않고 있었는가. 얼마나 눈 감고 귀 닫아왔기에, 이렇게 캄캄한 어둠이 내 앞에 펼쳐져 있을까, 확인해야 하는 것이 있었다.

첫 304 낭독회 때, 광화문 광장에 둘러서서 돌아가며 읽던 문장들을, 우리는 기억하고 있다. 비스듬히 쏟아지던 저물녘 햇빛을, 내 입을 통해 울려 나오던 다른 이들의 문장을. 그 시간 우연히 광화문을 지나다 함께 하게 된 이의 입을 통해 발음되던 나의 문장을. 확성기로 들려오던 찬송가와 하느님의 말씀을. 그 모든 문장들이 공중으로 흩어져 땅에 떨어지던 것을. 그리고 두번째 304 낭독회를 기억하고 있다. 참사 이후 연민과 슬픔이라는 프레임으로 글 쓰는 것을 가장 경계했다는 시인의 끝을 잇지 못하던 목소리를. 여전히 확성기를 통해 들려오던 찬송가 소리와 점점 높아지던 하느님의 말씀을. 낭독회가 끝난 후 아무 말도 못하고 묵묵히 서로 바라만 보던 친구들의 눈을.

다섯번째 낭독회에 참여한 한 낭독자는, 단원고등학교를 둘러싼 장소들을 잇는 지도를 그려 보여주었다. 구조되지 못한 단원고 학생들이 살던 동네를 노란 리본으로 표시한 지도였다. 열한번째 낭독회에서 자신을 평론가로 소개한 낭독자는, 1993년 '서해훼리호 침몰 사건'에서 부모를 잃은 자신의 기억을 2014년의 4월과 연결하였다. 22년의 시간이 흐른 지금의 현실이 확실히 더 퇴보했다고 말했다.

망각은 과거와 현재를, 서해와 진도 앞바다를, 안산과 이곳을, 그들의 생존과 우리의 생존을, 이 사이의 연결된 선들을 끊는 것이다. 끊음으로써 공동체의 기억을 개별화하고, 1993년보다 2014년이 더 앞으로 나아갈 수 없게 하는 것이다.

#3. 흩어지지만 사라지지 않는

물에 그슬려 지워지지 않은 얼룩이 깊은, 무너진 마음을 한 번만 보듬어주고 앞으로 또다시 그슬리지 않도록 돌봐주면 그걸로 충분할 것이다. 마음에 얼룩이 졌으니 갖다 버리고 새로운 마음을 가져다 입으라는 말은 다시 얼룩이 될 뿐이다. 마음을 갖다 버리라는 건 사람이지 말라는 것과 다를 게 없다. 그것은 그슬린 것보다 더 깊은 얼룩이다.

아버지는 세탁소를 정리하면서 한 가지 깨달은 점을 꺼내놓았다.

"세상에 얼룩이 생기지 않는 옷은 없단다."

―전석순, 「물에 그슬린」, 『열다섯번째 304 낭독회: 우리가 얼마나 가까이 있는지』에서

반대로 "너의 고통은 너의 고통이다"라는 명제가 한 사회를 지배할 때, 고통의 공동체로서의 사회는 붕괴될 수밖에 없다고 생각합니다. 저는 세월호 참사와 이를 둘러싼 무성한 말들이 그 징후인 것만 같아 불안과 절망을 느끼면서도, 동시에 여기 모인 우리가 함께 느끼는 고통에 희망을 겁니다. 고통이 우리를 구원할 수는 없을지라도, 고통을 느끼는 우리가 함께 희망을 향해 나아갈 수 있다고 믿습니다. 틀림없이 그 길 위에서 고통의 돌기가 우리의 안내자가 되어줄 것입니다.

―이대한, 「고통의 공동체」, 『세번째 304 낭독회: 돌아오라 사람이여』에서

대표성이나 직책을 갖지 않고 자발적으로 일하는 일꾼들. 스스로 지원하여 낭독에 참여하는 낭독자들. 유가족의 말과 하자센터 청소년의 랩과 외국 작가의 문장과 배우들의 몸짓과 가수의 노래들이 섞이는 낭독회 자리.

　304 낭독회를 구성하는 모습과 절차 들은 2014년의 대한민국이 도달한 민주주의의 실패를 복기하고 반성하는 일 또한 다시, 민주주의를 생각하는 일에서 비롯될 수밖에 없음을 보여준다. 시인과 시민임을, 작가와 학생임을 명기/비명기하는 문제에서 공동으로 매회 쓰이고 수정되는 「낭독회를 시작하며」라는 낭독회의 서문에 이르기까지. 끊임없는 토론과 지속되는 논의를 통해 탄생하는 낭독회의 형식은 단순해 보이지만, 분명한 정치적 실천을 실현하고 있다.

　낭독자들이 읽는 문장과, 그것이 울려 퍼지는 장소를 통해 망각되었던 시간들은 이어지고 끊어졌던 장소들은 연결된다. 저마다 다른 자리에 있는 낭독자들의 말 중에 공통분모를 이루는 것은 '잊지 않겠다' 그리고 '기억하겠다'는 다짐이다. 서울대 병원에 안치된 백남기 농민의 죽음, 도시재개발의 광포함에 무너진 노동의 자리, 정규 학교의 테두리에서 벗어나 자신의 삶을 다른 방식으로 상상하는 표정.

　우리는 304 낭독회에 참여하며 이 모든 광경들이 우리의 삶과 무관할 수 없다는, 당연하지만 잊기 쉬운 사실들을 각자의 방식으로 기억한다. 서울뿐만 아니라 다른 도

시와 다른 자리에서도 각각의 304 낭독회가 연결되고 지속되기를 바란다.

끊어질 듯 이어지고, 망설이며 발화되고, 의문을 던지다가 대답을 구하는 이 낭독의 형식이 무슨 힘을 가지는가. 어떤 이들은 이 목소리들이 너무 예의 바르다고 말한다. 또 어떤 이들은 누가 이 목소리들을 신경이나 쓰겠냐고 묻는다. 아마도 그럴 것이다.

무엇보다 우리는 낭독회에 참여하는 동안 여기서 낭독되는 목소리들이 다른 누구보다 우리 자신을 향해 있음을 알게 된다. 침몰 당시 한 시간에 가깝게 방송되었던 '가만히 있으라'는 십수 차례의 방송을 복기하는 시의 낭독을 고통스럽게 함께 들으며, 시스템으로 화한 인간의 목소리를 우리가 지니고 있었음을 알게 된다.

이 목소리가 우리의 목구멍 깊은 곳에서 나온 것이라면, 그 끔찍함을 읽어내며 떨리는 다른 목소리의 가능성을 묻는 것도 결국 여기 모인 우리 인간의 일임을 깨닫게 된다.

낭독회에 참석한 하나의 인간들은, 낭독회가 끝나고 흩어진다. 저 가능성에 대한 깊은 의문을 지니고서.

#4. 이것은, 왜, 문학인가,라는 질문은

무언가를 기억하고자 시를 쓴다는 건/뚫릴 때까

지 그 무언가를 바라보는 것/그것의 속삭임까지 귀
를 열고 듣는 것/숨이 찰 때까지 그 무언가에 말을
거는 것/표현할 방법을 찾지 못할 만큼 감탄하는
것/그 순간을 다른 이에게 다시 전한다는 것/그리
고 사람을 모으는 힘을 가진 이야기로/탈바꿈시켜
서 널리 퍼뜨리는 것

— 류해찬(래씨), 「기억교실」, 『스물다섯번째
304 낭독회: 이 슬픔을 정확하게 발음할 혀』에서

지금 담임하고 있는 3학년 학생들은 제가 중학교
에 있을 때 마지막 해에 가르쳤던 아이들입니다. 그
때는 중1이었죠. 세월호에 희생된 친구들과 모두 중
학교 동창들입니다. 4월이 되자 누가 말한 적도 없
는데 아이들이 노란 리본 배지를 달고 다닙니다. 옷
깃에 단 친구들도, 교복 넥타이 가운데에 단 친구들
도, 책상 한쪽 모서리에 그려 넣은 친구들도 있습니
다. 국어 교사인 제가 할 수 있는 일도 이것과 다르
지 않을지도 모릅니다. 우리 반 학생들이 아침에 일
어나서 교복 옷깃에 노란 리본 배지를 다는 마음처
럼 세월호에서 희생된 선생님들과 친구들을 생각하
고 그것을 이야기하는 것. 그것일 것입니다. 이야기
는 정말 힘이 약한 것이지만 또한 그 속에 진실을
간직하고 있습니다. 더 큰 슬픔을 막기 위해 저는

정말 슬픈 이야기를 계속할 수밖에 없을 것 같아요.
—오정훈,「강민규 선생님께 드리는 편지」,『여덟
번째 304 낭독회: 함께 대답을 들을 때까지』에서

　세월호 유가족과 희생자, 생존자들에 대한 모욕에 대응하는 언론 모니터링 활동을 한 유가족 박보나 씨는 한 인터뷰에서 "'평생 글 쓰면서 살자'는 꿈이 있었습니다. 그러나 그날 이후, 글로는 담을 수 없는 감정이 있다는 것을 알았습니다. 글의 힘을 많이 믿고 있었는데 어떤 단어로도 형용할 수 없는 감정이 있더군요"라고, "지금도 성호가 희생자라는 것이 실감 나지 않습니다. 그래서 저를 유가족이라고 말하고 싶지 않았습니다. 그런데 계속해서 '나는 유가족입니다'라고 말해야만 하는 자리가 생겼습니다"라고 말했다.
　세월호 참사 이후 펼쳐진 지독하고 잔인하며 고도로 정치화된 말들의 난무 속에서 그것을 목격하며 모니터링해야만 했던 그에게, 어떻게 견딜 수 있었느냐는 질문에, 그는 다른 가족들과 내 동생과 선생님들이 상처받는 걸 막기 위해, 힘들고 보기 싫지만 더 보고 빨리 없애야겠다는 생각이 더 강해져 볼 수밖에 없었다고 대답했다. 그래야만 동생을 다시 만나러 갈 때 떳떳하게 만나러 갈 수 있다고 말이다.
　세월호 참사 이후 유가족들은 협잡과 모략과 분열의 언

어들에 대응하여, 고독한 싸움과 연대의 움직임을 지속하고 그것을 기록해왔다. 그러나 박보나 씨의 말처럼, 이 싸움들은 말할 수 없지만 말해야 하고, 부정하고 싶지만 부정할 수 없는 존재성 사이에서 흔들리면서 계속된 것이다. 저 단일하게 착색된, 의심의 여지가 없는 말들과 존재들의 공격 속에 고통스럽게 갈라지는 목소리로.

우리는 모두 목격하였다. 우리는 생존자이며 피해자였으나, 또한 우리의 책임과 국가의 책임을 구분해 물어야 한다. 우리의 고통에 대한 질문을 던지는 동시에 그것이 어떻게 다시 아이들에게서 반복되지 않을지에 관한 답을 내놓아야 한다. 이 끔찍하게 오염된 대한민국이라는 시스템의 언어들을 그럼에도 사용할 수밖에는 없다.

앞에 인용한 「기억교실」은 하자센터에서 진행된 낭독회 때 랩으로 만들어져 불린 노래다. 「강민규 선생님께 드리는 편지」는 사건 이후, 스스로 학생들 곁으로 가는 길을 택한 교감 선생님과 생전에 함께 근무했던 국어 교사가 선생님에게 쓴 편지다. 하자센터의 교실과 단원고의 교실이, 여기 남아 있는 삶의 이야기와 삶 건너편의 이야기가 교차되어 담기는 목소리들.

304 낭독회를 구성하는 쓰기와 말하기, 낭독하기와 듣기에는 방관하고 무기력했으며 피해를 당해야 했던 생존자의 목소리로, 고백하고 기록하며 연대하고자 하는 주체의 언어들이 존재한다. 가만히 그 자리에 있지 않으려

는, 옮겨 가고자 하는, 외롭고 지독한 수행의 언어들이 조용히 들끓는다. 실패했음을 고백함으로 싸움을 선언하는, 오염된 말을 길어 올려 부패에 대항하고자 하는 명확하게 아이러니한 언어들이다.

말들 사이 한숨, 말들 사이 눈짓, 말들 사이 눈물, 말들 사이 떨림, 말들 사이 헛기침, 무엇보다 말들 사이 침묵이 가장 긴 시간을 차지하는 형식의 언어들이다.

#5. 동심원들

아시겠습니까? 여기서 행해지는 모든 몸짓들은 결국 단 한 곳을 향하고 있는 것입니다. 온몸의 무게를 실은 발자국을 꾹꾹 눌러 찍으면서 가야 할 그곳 말입니다. 바닥을 잃어버린 바다는, 도착점을 잃어버린 가라앉음은 커다란 무의미로 우리에게 남겨질 수도 있다는 것을 알아야 합니다.

—박혜원, 「당신은 그 배의 깊음을 아는가」,
『두번째 304 낭독회』에서

저희 학교는 한 층에 10개의 반이 있습니다. 맨 끝 반에 있는 교실을 가기 위해서는 한 층의 처음부터 끝까지 걸어가야 합니다. 복도 오른쪽으로는 교실이 이어져 있고 그 교실엔 서른여 명의 학생들이 앉아 있습니다. 그 복도의 시작부터 끝까지 걸어가면 대략 1분 20초 정도가 걸립니다. 어떤 죽음을 실감하는 방식은 사람마다 다르겠지만 저에게 있어 학생들을 포함한 304명의 세월호 희생자들의 목숨은 감정으로서의 슬픔이나, 관념이 아니라 제가 한참을 걸어서 10개의 반을 다 지나도록 텅 비어 있는 교실, 그리고 그 길을 걷는 1분 20초라는 시간, 그런 실체로 다가옵니다. 그 빈 교실의 적막함은 아주 구체적인 감각으로 '누군가가 여기 있었다. 그가 사라졌다. 여기는 비어 있다'와 같은 싸늘한 목소리로 저를 때립니다. (중략) 언젠가부터 저의 머릿속을 떠도는 하나의 생각이 있습니다. 아, 현재 이 나라의 집권자들은 내가 건강하고 행복하게 살기를 그다지 바라지 않는구나. 그래서 내 삶과 내가 사랑하는 사람들이 행복한 삶을 지키려면 저 사람들과 분명히 싸워야 한다. 근데 어떻게 싸울까요. 아직 저도 명확한 해답은 없습니다. 먼저 인간으로서, 시민으로서 당연히 가질 수 있는 이런 고민을 대화하고 같이 아파하고 연대하는 일, 그것이 저는 우리의 삶을 바꾸는 가장 최우선의 길이라 생각하고 있습니다.

—이범근, 「슬픔을 갱신하며」,
『여섯번째 304 낭독회: 듣고 싶은 말』에서

스물아홉번째 304 낭독회가 열리는 날, 강남역에서는 세계 각지에서 동시다발적으로 벌어진 '세계여성 공동행진'의 거리 행진을 함께 하는 이들이 있었다. 한 낭독자는 낭독을 시작하기 전에, 그곳 강남역에 모여든 사람들의 마음과 이곳 304 낭독회에 모인 사람들의 마음이 연결되어 있다고 생각한다고 말했다. 304 낭독회는 반성폭력 문화 조성을 위한 공식 창구를 구성하며, "폭력의 희생자들, 생존자들과 손을 잡고 갈 것입니다. 우리의 말과 글에 반영된 현재의 삶을 되새기고, 미래의 삶을 이끌 말과 글을 찾아 나설 것입니다"라고 밝혔다.

세월호 참사의 강력한 이미지들은 때때로 출몰하며 우리의 기억을 휘젓는다. 침몰한 배 주변을 무기력하게 떠돌던 헬리콥터들의 소리, 유리창에 비친 아이들의 영상, 깨지고 완성되지 못한 메시지들, 기록으로 남은 웃음과 목소리들, 훼손된 또는 부재하는 복귀.

이 모든 것을 느끼는 감각은 우리의 인식을 고통으로 이끌어가지만, 고통의 감각만이 엄연하게 우리가 생존해 있음을 지시한다. 심연과도 같은 검은 구멍이 이곳에 뚫려버렸음을 목격한 우리는 그것을 공동체 내부에 간직한 채 어떤 새로운 공동체를 구성할 것인가. 검은 구멍을 감각함으로써 우리의 말들은 어떻게 갱신될 것인가.

304 낭독회에서 읽히는 문장들은 우리 내부에 뚫린 구

멍들의 검음에 대해 말한다. 검음을 없음이나 암흑이 아니라 검음으로 바라보는 데서, 빛이 존재하는 공동체에 관한 상상을 시작할 수 있다.

애초에 이 글을, 304 낭독회에서 낭독된 문장들로만 구성하고 싶다는 생각이 들었다. 그러지 못했지만, 더 많은 목소리들이 말해져야 하며, 들려야 할 것이다. 망각해서는 안 되는 공동의 경험을 보존하고, 잊히지 않는 개별적 감각을 기록해야 할 것이다.

4시 16분. 304 낭독회가 시작되는 시간이다.

응답을 받지 못한 의문들에 답하기 위해, 지금 답할 수 없다면 왜 대답할 수 없는지에 관한 질문들을 다시 던지기 위해, 당신과 내가 함께 그 목소리들을 들을 수 있기를 바란다.

* 2022년 10월 29일, 우리는 이태원에서 일어난 또 다른 참사를 목격했다. 세월호 참사 이후 일어났던 오염되고 부패한 말들의 난무와 데칼코마니처럼 겹쳐지는 언어의 포화 속에 우리는 다시 둘러싸여 있다. 슬픔과 분노의 힘은 미약해 보이고, 응답받지 못한 질문들을 다시 반복해야 한다. 세월호 참사의 유가족들과 이태원 참사의 유가족들이 고통의 연대를 통해 만난다. 나의 문학과 나의 말이 산산조각을 내며 다시 부서져 내 앞에서 떨어진다. 고통의 감각은 이곳에서 퇴색되지 않을 것이라는 예감이 무겁고 엄연하게 가슴의 밑바닥으로 가라앉는다. 가라앉는 그것들을 끌어올리며, 다시 힘겹게, 검은 구멍 너머의 건너편으로 스며들어오는 빛이 존재하는 공동체에 관한 상상을, 계속한다.

이산하는 영혼의 시

소거당한 미래

입양인. 이 단어는 나에게 생소한 것이었다. 한국에서 출생하여 미국으로 입양된 작가 제인 정 트렌카의 책을 읽기 전까지는 말이다.

입양아. 고백하기 부끄러운 말이지만 나에게 낯익은 것은 이 단어에 결부되는 다음과 같은 이미지들이었다.

한국에서라면 지독한 가난 또는 멸시 가운데 자랐어야 할 아이들. 교육과 바른 성장의 기회를 얻지 못하고 크다가 대부분 대를 이은 가난과 불행의 악순환에 빠졌을 이들. 그들이 이른바 '선진국'이라는 나라들의 양부모에게 입양되어 좋은 교육을 받고 훌륭한 성인이 되어 한국을 방문한다. 자신의 뿌리와 모국을 확인하기 위해 돌아온 그들과 친부 또는 친모와의 만남을 카메라는 비춘다. 스튜디오를 둘러싼 감동적 분위기 속에, 화면을 보던 '진짜' 한국인들은 말하거나 생각한다. 해외 입양을 가서 좋은 교육을 받고 저렇게 잘 컸으니, 한국에서 자라는 것보다 훨씬 나았을 거야. TV 속에서 명멸하는 이미지들.

그리고 '우리' 한국인들은 잊는다. '입양아'가 자라 '입양인'이 되기까지의 시간들에 대하여. 국가 간 입양인으로 살아간다는 것의 실상에 대하여. 출생한 나라와 길러진 나라의 상상하기 어려운 격차 속에 친엄마의 품에서 박리되듯 떼어져 여전히 살아가고 있을 그들의 현재에 대하여.

'입양인'보다 '입양아'라는 단어가 낯익은 한국 사회의 민얼굴은 그런 것이었다. 태어난 나라와 친부모 그리고 그들의 말과 문화로부터, 전면적으로 무엇보다 침략적인 방식으로 단절되었던 경험을 지니지 않은 한국인들에게, 다른 나라로 보내진 아이의 이후는 망각된다. 따라서 국가 간 입양으로 다른 나라로 보내진 그들은 '우리' 사회에서 계속해 '입양아'로 불리운다. '한국에서 자라는 것보다 훨씬 나았을' 것이라는 편리한—실상과는 거리가 있는—자위의 기제가 여기 깔려 있다.

아이를 보호하고 성장시켜야 할 바로 그 사회와 공동체가 잊고 방기한 책임과 의무를 다른 사회와 공동체가 대신할 수 있는가? 그리고 대신하라고 요구할 수 있는 주체는 누구인가? 어떤 요구와 책임을 묻는 것조차 불가능한 상황 속에 놓인 아이들의 미래가 안전하게 보호받을 수 있는가?

그들이 살아가고 있는 지금의 현실 또한 고려의 대상이 되지 않는다. 단지 고국을 방문하여, 자신의 근원이 한국임을 확인하고 그럼에도 자신의 더—과연 무엇보다?—

나은 삶으로 다시 돌아가는 짧은 순간의 이미지로서만 그들은 존재한다. 해외 입양'아'의 미래는 이 이미지들 속에 함께 소거된다.

한국 사회 속에서 성장하며 내가 보아왔던 해외 입양 관련 프로그램이나 기사 속에서, 한국계 입양인들이 친부모와 가족을 찾아 재회하는 순간들이 한국에 살고 있는 한국인들에게 그토록 감동적으로 연출되었던 이유는 무엇인가? 국가와 사회가 경제적 이득을 취하며 순혈주의와 정상 가족 이데올로기의 수호 아래 나라 밖으로 추방하다시피 보냈던 아이들이 그럼에도 불구하고 한국인임을 잊지 않고 찾아왔다는 그 사실 때문에? 이질성과 빈곤의 상징이었던 아이들이, 국가 간 입양의 정당성을 증명이라도 하듯 부자 나라의 교육적 수혜를 현시하고, 더불어 어느 곳에서건 사라지지 않는 한국인의 동일성을 자랑스럽게 확인시켜주었으므로?

속내를 들여다볼수록 끔찍하기만 한 이 아이러니한 한국적 상황을 인식하게 되면서, 한국이라는 내가 속한 공동체와 그 이데올로기를 의심 없이 내면화했던 나의 얼굴은 수치스럽고 혐오스러운 것이 되었다. 그러나 그 수치와 혐오에 대하여 나는 더 똑바로 마주 보아야만 했다.

직면

현실에서 매 순간 입양'인'으로 존재하는 그들. 한국인들이 망각하고 기만적으로 상상해왔던 그들의 삶에 직면하게 되면서, 한국이라는 사회가 축적한 기이하도록 무섭고 일그러진 환부를 들여다볼 수 있게 되었다. 이미 알고 있었다고 생각했는데, 충분히 알지 못했던 것들이었다.

입양 추진 단체와, 미디어와, 공영방송과, 국가의 목소리, 그리고 거기서 재생산되는 이미지를 걷어내고 마주한 국가 간 입양의 현실은 이런 것들을 말해주었다.

1953년 이후 전쟁고아와 이른바 '혼혈아'들을 해외 입양으로 '수출'하기 시작하면서, 한국은 세계 최대의 아동 수출국이 되었다. 1955년에서 1961년 해외로 보내진 한국의 아이들은 모두 혼혈 아동이었으며, 한국의 국제 입양은 인종 청소에 가까웠다.

박정희 정권에서 전두환 정권을 거치면서 경제적 이유로 장려되었던 국제 입양은 한 해에 8천 명을 넘기면서, 10년간 6만 5천 명이 넘는 아이들이 해외로 입양되었다. 이는 아동 밀매와 납치 등의 불법적인 국제 입양으로 비난받았던 과테말라 외에 어느 나라에서도 찾아볼 수 없는 수치이다.

한국이 해외 입양으로 벌어들이는 돈은 연간 1천5백만 달러에서 2천만 달러에 이른다. 한국의 2021년 국민총소득 순위는 세계 10위이며, OECD 가입국 중에 아이를 해외로 입양시키는 유일한 국가이다. 한국은 해외 입양 3위 국가다.

지난 70여 년간 한국의 해외 입양 중 가장 많은 아이들이 보내졌던 미국의 아동 빈곤율은 현재 한국의 아동 빈곤율의 두 배에 가깝다.

타국에서 한국의 아동을 입양하는 데 드는 비용은 5만 달러 정도다. 그럼에도 일부 국가에서 국내 입양보다 한국 아동 입양이 선호되는 이유는, 국내 입양에 비해 친모의 권리를 철저히 무시할 수 있으며, 아동 납치나 밀매 등이 아니라 국가가 용인하는 합법적 경로로 입양이 가능하기 때문이다.

한국은 101개국이 가입한 헤이그 국제아동입양협약에 2013년 서명하였으나, 입양 관련 체계가 협약 기준에 이르지 못해 여전히 비준을 받지 못하고 있다.

스웨덴의 국가 간 입양 아동 연구에 의하면, 입양인의 약물중독과 자살률은 현지인보다 3~4배 높고, 취업률은 현지인보다 낮으며, 그중 50퍼센트는 최저임금보다 낮은 임금으로 살고 있다.

통계나 수치로만은 표현할 수 없는 더욱 날것의 사실들 또한 있었다.

국가 간 입양 연구 사례와 기사들, 그리고 여러 입양인들 사이에서 국가 간 입양의 현실은 공공연히 '국제 입양 시장'으로 불리우며 아동의 나이와 성별, 인종 등을 선택

할 수 있는 국가 간 입양은 종종 '아동 쇼핑'—몇 년 전까지만 해도 홀트인터내셔널 홈페이지에 가면 입양을 기다리는 일부 한국 아동들의 사진과 간단한 프로필, 동영상을 어떤 절차 없이도 볼 수 있었다—으로 불리운다는 것. 친부모나 한국의 가족을 찾는 해외 입양인들이 자신의 입양 과정을 추적하다가 마주하는 한국의 국제 입양 현실에 대해, 일부 입양인들은 '납치 입양'으로 표현하기도 한다는 것.

한국은 제국주의의 피해자로, 이산, 디아스포라, 식민주의의 고통과 상처를 간직하고 있다. 나에게는 일본이 벌인 제국주의 전쟁에 징집되어 돌아오지 못한 외할아버지가 있으며, 나의 어머니는 아직도 그 고통의 그늘 속에 있다. 그러나 한국은 여전히 국가의 방임하에 제국주의적 폭력을 실행하고 있다. 국가 간 폭력의 피해자, 식민지가 된 신체는 어린아이들이다.

어떤 어린아이들인가? '순혈'이 아닌 아이들. 장애나 병을 가진 아이들. '미혼모'의 아이들. 남자아이이기를 기대받았던 여자아이들. 그리고 가난한 아이들. 바로 가정과 사회와 국가가 보호해야 함에도, 가장 우선적으로 가족과 사회와 국가로부터 추방당하듯 밀려난 존재들.

분노

그러나 나는 분노할 수 없다. 그 아이들을 지키지 못하고, 한 명당 5만 달러라는 돈을 받고 다른 나라에 팔아넘기도록, 주도하고 방기한 한 명의 한국인의 얼굴을 내가 갖고 있기 때문이다. 입양인들을 생각할 때 나는 이처럼 잔인하고 과격한 표현을 쓰고 싶지 않지만, 달리 어떤 단어를 찾을 수가 없다.

2000년대가 한참 지나고서도 나는 한 민간 입양 단체 대표의 국가 간 입양을 촉구하는 글에서, 아이들의 미래를 생각한다면 해외 입양을 적극 장려해야 한다는 주장을 읽은 적이 있다. 그 글은 국가의 젊은 가용 인력이 늙은 사람을 부양할 수 있는가 하는 것은 경제적 효율성의 문제이며, 해외 입양조차 보내지 않는다면 그 아이는 태어나자마자 국가의 부담이 됨을 강조하고 있었다. 그 글의 끝부분에서 결국에는 비져나오고야 만 '경제적 효율성'이라는 단어를 마주하며, 나는 내가 직면해야만 했던 부끄러움의 실체를 명확히 인식할 수밖에 없었다.

그리고 이제 태어나자마자 국가의 부담이 되었기에 보내져버린, 그들이 돌아오고 있다. 그들이야말로 숫자가 아니라 산 얼굴과 목소리를 지니고 있기 때문이다. 폭력이 각인된 식민의 몸으로, 갈기갈기 갈라지는 이산의 목소리로 그들은 소리친다.

그 여자는 *화가 난다고.*

그 여자는 화가 난다

1980년 한국에서 태어나 덴마크로 입양된 한국계 입양인 마야 리 랑그바드의 『그 여자는 화가 난다—국가 간 입양에 관한 고백』(손화수 옮김, 난다, 2022)은 다음과 같이 시작한다.

>여자는 자신이 수입품이었기에 화가 난다.
>여자는 자신이 수출품이었기에 화가 난다.

그리고 다음 문장은 이것이다.

>여자는 어린이를 입양 보내는 국가는 물론 입양 기관도 국가 간 입양을 통해 돈벌이를 한다는 사실에 화가 난다.

이것이 여기에서보다 더 행복하기를 바란다며 사실은 한국이라는 공동체로부터 추방한 '입양아'가 어른이 되어 마주하게 된 자신의 정체성이다. 그들은 어떤 양부모 밑에서 자라든, 무슨 교육을 받든, 어느 국가의 시민권자이든, 자신의 기원과도 같은 이 끔찍한 정체성에 맞서 갈가리 찢어지지 않기 위해 싸워야 했을 것이다.

『그 여자는 화가 난다』의 첫 페이지에 등장하는 인명 갤러리는 고통스러운 이 투쟁들이 세계 각국에서 일어나고 있음을 보여준다.

앨리슨: 한국 출생, 미국으로 입양

앤드류: 한국 출생, 미국으로 입양

비외른: 한국 출생, 덴마크로 입양

도미니크: 한국 출생, 벨기에로 입양

(…)

잉빌: 한국 출생, 노르웨이로 입양

정준: 한국 출생, 스웨덴으로 입양

로랑: 한국 출생, 프랑스로 입양

로렌조: 한국 출생, 이탈리아로 입양

이 책은 한국의 고통스러운 디아스포라적 현실의 드러냄이며, 70여 년간 지속되어오고 있는 대한민국의 기만과 폭력에 대한 구체적인 분노의 부르짖음이다. 마야 리 랑그바드는 시이며, 절규이며, 르포이며, 고백적인 목소리를 통해, 정확하고 통렬하게 한국 사회가 '아이의 행복한 미래'를 위한다는 명목으로 가려왔던 진실을 겨눈다.

한국 사회의 가부장제를, 배제와 혐오로 얼룩진 정상 가족 이데올로기를, 무엇보다 모든 생명의 존엄을 무시할 수 있는 권리를 갖는 자본과 이익의 논리를.

근본적인 슬픔

식민주의와 자본주의 그리고 가부장적 가족주의가 가장 극적이고 추악한 형태로 결합한 국가 간 입양의 진실을 드러내는 이 책이, 그럼에도 국가 간 입양에 관한 분노와 고발만을 드러내는 것은 아니다. 우리는 마야 리 랑그바드가 밝히고 투쟁하고 있는 국가 간 입양의 진실에 대해 똑바로 마주 보아야 함을 요청받으며, 동시에 응답해야 할 책임과 의무를 지니고 있다.

그러나 나는 동시에 마야 리 랑그바드의 다음과 같은 고백에서 어찌할 바 모르겠는 슬픔과 마주친다.

여자는 자신이 세상에 태어났다는 사실에 화가 난다.

마야 리 랑그바드는 입양인이 반드시 맛보아야 하는 "근본적인 슬픔"에 관해 말한다. 모국의 친부모와 언어 및 문화를 상실한 입양아는 슬퍼할 수 있는 기회를 가져야 한다. 슬프지 않다는 것은 진실이 아니기 때문이다. 근본적인 슬픔의 근원을 찾아가다 보면 입양인들이 마주하게 되는 가장 크나큰 절망에 대해, 위의 한 문장보다 더 잘 표현할 수 있는 말은 없을 것이다.

산업화된 국가 간 입양의 희생물로서의 자신에 대해 마주하게 될 때, 소외라는 자본주의의 자비 없는 명제의 가장 집약적인 결과물로서 자신의 존재를 인식하게 될 때, 한 명의 어린 개인이 할 수 있는 일이란 무엇일 수 있을까.

차마 짐작할 수 없는 마음이기에, 짐작할 수 없음이 막막하다. 다음과 같은 문장은 이 막막함이 무력감으로, 절망감으로 잇닿아 뻗어나감을 보여준다.

> 여자는 자신이 서른이 되었다는 사실에 화가 난다. 여자는 갓난아기였으면 좋겠다고 생각한다. 만약 여자가 갓난아기라면 어머니의 품에 안기는 것이 매우 자연스러울 것이다.

갓난아기가 되고 싶은 꿈. 그러나 영원히 불가능한 꿈. 조각나고 부서져서 흩어져 내리는 신체의 이미지. 아주 잘게 깨어져 흩어진 거울 같은. 거기에 비치는 금 간 얼굴들. 아무리 긁어모아도 온전하게 복구되지 않을 이산하는 영혼.

마야 리 랑그바드의 분노와 절규와 고발은 또한 슬픔과 꿈과 깨어진 희망과 교차하는 대위법적 연주와 같다. 그 선율의 아름다운 부조화가 『그 여자는 화가 난다』의 음악적 시, 시적 음악을 이룬다.

관통

그러므로 이 책을 읽는 이들은 모두 지독하게 명확하여 아름다운 고통에 관통당할 것이다.

마주하고 싶지 않았으나 드러난 진실에 온몸이 뚫릴 것이다.

치욕스러운 환부를 지닌 한국인으로서 구멍의 검은 몰골을 들여다보아야 할 것이다.

구멍들 사이로 텅텅 울려 나오는 끝나지 않을 목소리들에 귀 기울여야 할 것이다.

반드시 변경되어야 할 고통의 기원에 대하여 아프게 확인해야 할 것이다.

그들이 놓지 않고 있는 싸움에 관하여, 소거와 부정과 추방에 맞서 벌이고 있는 고독한 투쟁에 대하여.

우리의 삶 또한 그 투쟁에 단단히 결박되어 있음을 기억하게 될 것이다.

3부

세상에 나오지 않은

악기를 가진 아이와 손 쥐고

어리석은 사랑의 기술

솔라리스의 바다

스타니스와프 렘의 SF 소설 『솔라리스』(최성은 옮김, 민음사, 2022)에는 내 기억과 이미지를 반영해 지구에서라면 살아 존재할 수 없는 인간을 내게로 보내는 우주의 한 공간(또는 물질)이 묘사된다. 거기서 돌아온 아내 레야를 마주한 나-켈빈은 복합적인 감정 이를테면 압도적인 공포, 의심스러운 기쁨, 절망적인 불안들에 괴로워한다. 그런 그에게 동료 스노우는 말한다. 우리가 원하는 건 인간 이외의 그 어느 것도 아니며, 지구 이외의 다른 세계 같은 건 필요 없다고 말이다.

나로 인해 죽었던 사랑하는 이가 내가 사랑했던 모습 그대로 앞에 있음에도 순수하게 기뻐할 수 없는 것은 왜인가. 나의 인식 내부에서, 그녀가 내 앞에 존재하는 것은 가능하지 않다고 말하고 있기 때문이다.

그녀는 죽었다. 그녀가 살아 움직이는 것을 보고 그녀의 목소리를 듣고 그녀의 차가운 팔을 만지는 것은 꿈에서만 용인된다. 혹은 그녀가 유령이거나. 그러나 나는 그녀를 지금, 꿈이 아닌 현실에서 만지고 감각할 수 있다. 또한 그녀는 유령이 아니다. 사라지지 않으며 현실에 관여하고 있기 때문이다. 나의 인식과 사고는 그녀가 실체로서 존재하는 것을 용인할 수 없지만, 나의 감각과 지각은 그녀라는 하나의 물질적 존재를 수용할 수밖에 없다. 인식과 감각의 괴리. 이 거리를 좁히지 못해 켈빈이 했던 처음의 행위는 그녀를 로켓에 태워 우주 공간으로 보내버리는 것이다.

현재의 내 눈과 귀로 보지 못하고 들을 수 없는 공간. 그 어딘가로 내가 쏘아올린 존재가 떠돌다가 다시 돌아온다고 해도 지금 이 순간 내 시야에는 포착되지 않는 미지의 암흑세계로 추방하는 것.

대체로 삶의 혼돈을 해소하기 위해 우리가 하고 있는 행위는 이와 비슷해 보인다. 내가 이해할 수 없는 현상/물질/감각이 있다. 내 앎의 한도에 있어서는 불가능해 보이는 그(것)들이 거기에 언어화되지 않는 실체로서 엄연히 존재하는 것을 얼핏 느끼는 순간이 찾아온다. 그러나 나의 지식과 언어 체계로는 그(것)들을 설명해낼 수 없다.

'이해할 수 없음'이라는 불안은 나라는 주체의 존재성, 내가 여기 살아 존재하고 있다는 엄연함에 흠집을 낸다. 내가 사고하는 것만이 나의 존재를 증명하는 것일진대 그(것)은 내 사고의 경계를 지우고 틈입한다. 미세한 금들은 점점 검고 깊은 구멍처럼 커져갈지도 모른다. 죽음의 이미지처럼.

그(것)의 실체를 인정하다 보면 내가 서 있는 이곳의 지반을, 지금까지 구축해온 삶의 논리를 무너뜨리게 되는 것이 아닐까. 나는 분열되지 않기 위해, 그(것)의 존재를 잊거나 추방하기 위해 애쓴다.

그리고 시는 그와 정반대의 일들을 한다.

시는 그와 정반대의 일들을 한다

잘려 나간 다리가 내 몸에 더 이상 붙어 있지 않음을 문득 잊고, 잘려 나간 쪽의 다리가 가렵다고 느끼는 환자가 있다. 그에게 이 거짓된 감각은 이전의 나-지금의 나 사이 존재의 간격을 미처 수습하지 못한 인식의 순간적 상실, 실족을 지시한다는 의미에서는 실재적인 감각이다. 나의 사고가 허방 딛고 있는 틈으로 어떤 감각들은 불쑥 그 간격을 증명하는 방식이라도 되듯 찾아온다.

인간의 삶은 무수한 의도와 선택 들로 이루어지지만 어떤 의도도 없는 무의미한 장면들로 구성되기도 한다. 아니, 대체로 그 무의미한 장면들이 이 세계의 풍경 쪽에 유사하다. 무의미가 클수록 인간의 절망도 커진다.

어렵사리 태어난 수많은 아기들은 왜 그토록 허무하게

죽어갈까. 지구의 한쪽에서 숲과 바다가 인간에 의해 무자비하게 파괴되고 있을 때, 한쪽에서는 엄청난 해일이 조그맣고 연약해 보이는 마을을 덮친다. 그리고 착실하게 진화하듯 재앙 쪽으로 다가가고 있는 인류와 언제나 무응답에 가까운 신을 향한 기도.

어떤 감각을 지각하는 것이 고통을 유발할 수밖에 없다면, 삶을 행복 쪽으로 이끌어가는 것은 일종의 감각의 실조 상태에 기인할 수도 있겠다는 생각을 해본 적이 있다. 가령 이 세계의 언어로는 만질 수 없는 풍경들이 거기 있음을 감지했다면 보고 들으려 하지 말고 잊을 것. 소리가 지워지고 향기가 사라진 풍경들을 꿈속에서만 허용할 것. 꿈과 현실의 경계를 가능한 한 무너뜨리지 않기 위해 노력할 것.
그러나 내가 아는 시인들은 시를 씀으로써 이와 반대로 행동하고는 했는데, 그러므로 그들은 대개 불행해 보였다. 이를테면,

몇 그루의 소나무가
얕이한 언덕엔
배가 다니지 않는 바다,
구름 바다가 언제나 내다 보였다

나비가 걸어오고 있었다

줄여야만 하는 생각들이 다가오는 대낮이 되었다.
어제의 나를 만나지 않는 날이 계속되었다.

골짜구니 대학건물은
귀가 먼 늙은 석전은
언제 보아도 말이 없었다.

어느 위치엔
누가 그린지 모를
풍경의 배음이 있으므로,
나는 세상에 나오지 않은
악기를 가진 아이와
손쥐고 가고 있었다.

                        —김종삼,「배음背音」전문

  도대체 나비는 어떻게 해서 내게로 걸어오게 된 것일
까. 나비의 걸음걸이란 실체일까 환영일까. 그것은 아름
다울까 공포스러울까.
  생각을 줄이지 않는다면 인간의 언어로 환원시키기 어
려운 이 풍경들에 나는 잠식당하고 말 것이다. 어제의 내
가 곧 오늘의 '나'이리라는 보장도, 그것을 가능하게 해주

는 내 기억에 대한 믿음도 점점 불가능해질 것이다.

그러나 그는 시인이므로 멈추지 않고 보고 듣는다. 수렴되지 않는 풍경을, 설명되지 않는 소리를 잊지 않고 이 세계에서 추방하지 않기 위해. 인간의 언어로 비인간의 말을 하기 위해 힘겹게 입을 연다. 귀 멀고 말 없는 한 '돌덩이'와 '그' 사이에는 닮으려 해도 같아질 수 없는 거리가 존재하기 때문이다. 그 풍경을 온전히 이해하기에는 유한하지만, 거기에 온전히 무심해지기에는 사라지지 않는 감각이 그-시인을 일깨우기 때문이다.

누가 그렸는지 모르지만 거기 존재하는 풍경의 뒷면. 거기서 울려 나오는 소리를 삶의 논리가 하치장처럼 마련해둔 진공의 암흑 상태에서 구출해내는 기술. 세상에 나오지 않은 악기를 가진 아이의 손을 감촉해내는 시인의 손바닥. 그러므로 이 세계의 무의미와 맞서는 시의 기술.

돌아오는 것은 나, 내가 아닌 나

다음과 같은 시를 나는 오래전에 쓴 적이 있다. 타르콥스키의 영화 「솔라리스」에 대한 일종의 오마주였다고 생각했는데 지금 보니 이런 생각이 든다. 이것은 다만 사랑과 기억에 관한 이야기였을 뿐이라고.

그곳에 들어갔다 오면

너는 과거의 사람

너는 부드럽고 네 옷은

잘 여며져 있으나

내가 만지던 피부는 그 아래 없네

나는 두렵고

나는 기억을 직조하지만

너에겐 이성이 없지

먼 곳으로 너를 보내고

나는 잠 속의 잠이 들어

태양은 끝없이 돌고

너의 피부는 너무 하얘서

나는 내 얼굴을 들여다볼 수가 없네

그곳에 가지 않아도

너는 돌아오고

너는 내 안에서 나오지 않았네

—「흑백 영화」 전문

　이성이 없는 너의 귀환은 나에게 상처를 주지만, 어떤 상처도 네가 의도한 것은 아니다. 돌아오는 나의 기억들이 나를 아프게 하기 위한 것이 아니듯. 그 기억의 풍경들은 내 안에 그저 존재할 뿐이다. 아니 내 바깥에. 이해할 수 없는 방식으로. 그 무의미함이 흑과 백처럼 차갑다. 내가 지각하는 세계는 때때로 차갑디차가운 것이다.

당시의 나는 잃어버린 사랑을 애도하는 하나의 방편으로 시를 썼다. 그러나 어떤 방식의 언어로 '너'를 추억해도 내가 묘사할 수 있는 것은 내가 사랑한 바로 그 '너'의 모습이 아니었다. 어쩌면 내 기억과 닮은 '나'였을 테지만, 시 속에서 그 실체가 드러나는 순간 이미 내 안에서 나온 그것과는 포개지지 않는 어떤 무엇some-thing이거나 다른 누구some-body가 거기 있었다.

　나는 시를 쓰면서 여러 번 내가 사랑한 '너'의 존재에 대해, 우리 사이에 존재했던 사랑이라는 사건 그 자체에 대해 확신할 수 없어지기 시작했다. 우리가 과연 사랑했을까?라는 심리적 과정을 거친 점에서라면 상투적인 결말이었지만, 이 견딜 수 없는 인생의 상투성과 고군분투하면서, 나는 내가 아닌 나가 되어 돌아오는 시들을 썼다.

크리스와 레아

애초에 커뮤니티 게시판에 붙은 전화번호와 이름의 글씨가 마음에 들지 않았다. 메모지에 꼬부라지게 갈겨쓴 필체가 집의 상태와 비슷할 것 같다는 예감을 왜 무시했던 것일까. 약속이 잡혔다고 그 집부터 방문한 것이 잘못이었다. 1년 동안 방 하나 렌트하는 데 면접 후 연락이라니.

진심인지 단지 면전에서 거절을 통보하는 일은 무례라 생각했던 건지 모를 일이다. 대학원생이라 자신을 소개한 집주인—정말로 집주인이 아니라, 그 집을 임대 받아 방을 재임대하는 건지 알 수 없었지만 나로서는 진짜 주인과 세입자 주인을 가릴 처지가 아니었다—의 뒤로는, 옷가지와 책들과 파일들 그리고 시리얼 부스러기 등속이 소파 위에 난잡하게 흐트러져 있었다. 보나마나 과제와 시험 때문에 정신없이 학교와 집을 왔다 갔다 할 대학생이나 대학원생으로 이루어져 있을 몇 명의 동거인들을 소개하면서, 그는 간단한 인적 사항과 집을 구하는 이유 등을 물었다. 생각해보면 나 또한 집을 보고 나서 방을 임대하지 않을 수도 있으니, 나중에 전화로 연락 주겠다는 그의 말에 그리 기분 나빠할 상황은 아니었다. 그 집에 방문하게 된 것도 결국, 후보지 중 두번째로 저렴한 방값 때문이 아니었던가.

그러나 마음이 초조하던 때였다. 새로운 곳에 적응하려면 한시라도 빨리 내 방을 찾아야 한다는 생각과, 소개를 받아 임시로 머물게 된 집주인의 지나치게 간섭하기 좋아하는 성격으로 인한 피로감이 신경을 예민하게 하고 있었다. 구하려던 중고차 가격이 지나치게 비싸다며 그가 전화 통화 중에 끼어들어 중고차 구입이 무산된 후로, 피로감은 조바심으로 바뀌고 있었다.

*

한 달 치 보증금만 더 얹어 월세를 내면 언제라도 들어와도 좋다는 레아의 말을 듣자마자, 그때까지의 피로가 사라지는 느낌이었다. 가장 저렴한 가격인 것이 어쩐지 꺼림칙하여 두번째 후보로 돌렸던 곳이 아닌가. 나는 직전에 들렀던 대학원생 집주인의 전화기에 바로 녹음을 남겼다. 미안하지만, 들어갈 집을 구했으니 다른 사람을 찾아보세요, 안녕. 헤어질 통보를 받기 직전 결별을 고하게 된 사람처럼 결연하게 말이다. 나이스 타이밍.

레아의 나직하지만 허스키한 목소리의 톤과 각진 얼굴, 별로 앉은 자취가 없어 보이는 소파와 여느 집답지 않게 마루가 깔린 거실을 일별했을 때 그들 부부가 깔끔한 성격이라는 것은 짐작하고 있었다. 위생상의 효능과 발에 닿는 감촉까지 포함하여 마루의 우월함을 알다니, 역시 동양인이야.

젊은 부부만 사는 집의 2층에 내가 쓸 방과 부부의 침실이 마주 보고 있다는 점도, 이 정도의 가격에 햇볕이 쏟아지는 방 두 개를 쓸 수 있다는 사실에 비하면 그리 큰 문제는 아닌 것처럼 생각되었다. 공부방과 침실을 구분할 수 있는 데다가, 내 방에 딸린 혼자만의 화장실—샤워마저도 가능한!—을 가질 수 있는 것이다.

레오와 리오니.

이 두 마리 고양이가 나의 임대 생활에 문제가 될 줄은 짐작하지 못했던 터였다. 어느 날 내 침대의 이불에서 털뭉치가 발견되었다거나, 아침을 먹고 있는 식탁 옆에서 고양이 똥을 치우며 냄새가 고약하지? 미안. 사과하는 크리스에게 너그러이 웃어주는 일쯤은 별일 아니었다. 레아가 그들의 고양이는 집 안을 자유롭게 돌아다니게 버릇이 들었으므로 방문을 열어놓겠으니 양해를 해달라고 했을 때, 난 심상하게 괜찮아,라고 대답했다. 그것이 설마 밤까지 포함해 부부의 침실 방문을 24시간 편의점처럼 온종일 열어놓겠다는 이야기일 줄이야 생각 못 했던 것이다.

주방과 거실은 모두 1층에 있고, 작업실 하나가 좁은 다락방처럼 꼭대기에 있어, 2층의 내 방을 열면 좁은 통로를 지나 마주 보이는 그들의 방은 부부의 침실이었다. 바로 붙어 있지는 않지만 그 방의 문을 열면 내 방 문을 닫아도 부부의 두런두런하는 대화 정도는 새어 나오게 마련이었다.

하루, 이틀이 지나도 밤까지 닫히지 않는 방문을 보면서 나는 결혼한 지 3년이 되어가는 부부의 사생활보다 중요한 것은 레오와 리오니의 통행의 자유일까, 아니 고양이의 습성은 어찌할 수 없는 것이라면 나는 최대한 그들 부부의 눈과 귀에 보이지 않고 들리지 않는 투명인간 같은 행동거지를 고수해야 하는 것일까, 그런 기술은 어떻게 가능하며 임차인의 자유를 심각하게 침해하는 것은 아닌가.

의문은 의문대로 간직하고 열린 방문은 열린 방문대로 레오와 리오니의 통행권을 보장해주고 있는 동안, 크리스와 레아의 싸움은 잦아졌다. 법률사무소의 보조 임무를 맡아 일하면서 자격시험을 준비하는 레아의 시험이 다가오고 있기 때문이었는지, 내가 머무르고 있던 6개월의 기간 동안 직장을 세 번 옮기다 아예 그만둔 크리스의 음주량 때문인지는 모르겠다.

가끔 그들 부부와 〈내셔널 아이돌National Idol〉이라는 미국 쇼 프로그램을 보면서 80년대의 유행 음악에 대한 견해를 주고받기도 했다. 미국에서 태어나 대만에서 유년을 보내고 다시 미국으로 건너왔으나 자신의 정체성을 중국 대륙에 두고 있는 크리스는, 이곳에서 지낸 지 이제 6개월쯤 된 내가 대학을 미국에서 다닌 자신과 비슷하게 대학 시절 미국의 록 밴드 음악을 듣고 밴드 멤버에 대해 대화를 나눌 만큼 알고 있다는 사실이 꽤나 신기한 모양이었다.

홍콩에서 자라 미국으로 건너온 레아와는 주로 한인 마트인 K-마트에서 살 만한 상품 목록이나 괜찮은 중국 배달 음식점을 공유했다. 레아는 늘 K-마트의 김치와 나물을 사 와 냉장고에 채워두고, 주말이면 한 솥 가득 곰국을 끓여놓는 것을 루틴으로 삼고 있었다. 나물을 먹으며 이건 참 프레시하고 영양 만점인 음식이야, 하고 진심을 담아 이야기하기에, 나도 더불어 나물이 왜 샐러드보다 훌륭한 조리법인가에 관해 맞장구치면서 곰국을 한 그릇 얻어먹기도 했다.

자신이 채워둔 맥주의 끝을 본 후 냉장고 한편에 있는 나의 캔 맥주를 빌려 마시고는, 다음 날, 미안, 곧 채워둘게, 하고 크리스가 말하면 응, 괜찮아, 나도 다음에 네 것 한두 캔 먹을게,라고 대답할 정도의 사이까지는 된 터였다. 그런 나로서는, 둘의 싸움이 사소한 말싸움을 넘어 몇 시간 동안 이어지는 아주 딥한 단계까지 이르게 되며 꽤 빈번하게 그 싸움이 발생한다는 것이 매우 곤란한 일이었다.

고성이 오가고 물건 날아다니는 소리가 데시벨을 높일 즈음, 문은 열렸다 닫혔다를 반복하고—어떤 상황에서도 레오와 리오니의 통행권은 보장되어야 하므로—나는 라디오의 볼륨을 높였다. 내일 아침에는 뭐라고 꼭 한마디를 해야겠다, 적당히 정중하면서도 나의 힘듦과 화가 났음을 적절하게 표현하는 문장이 무엇일까? 역시 의문문 형태가 좋겠지? 이런저런 문장들을 떠올려보며 겨우 잠에 들고는 했다.

다음 날이 되면 레아가 출근하고 난 후, 식탁에서 두유에 시리얼을 말아 먹고 있는 내게 크리스는 아주 미안한 얼굴로 고양이 변소를 치우며 말을 붙였다. 너도 들어서 알겠지만—아니 알고 있으면서 침실 문을 안 닫는다고?—우리가 싸울 때는 심하게 싸워. 하지만 나를 믿고 의지해주는 건 레아밖에 없어. 우리는 신뢰로 맺어진 부부거든. 너도 알겠지만, 내가 지금 자꾸 일을 그만두고 있잖아. 나는 조금 더 전망과 장래성이 있는 잡을 얻고 싶은 거거든. 그냥 임시로 만족하거나 단기간의 알바 같은 일이 아니라. 그런데 레아는 이 점이 못마땅한 것 같아. 일을 지속하면서 다음 일을 가지면 안 되겠냐는 거지. 이런 의견 차이가 있을 뿐이지 우리는 서로 사랑하거든. 너도 알다시피 우리가 주말에는 규칙적으로 소프트볼도 같이 하고, 또 나도 곧 일을 구할 거니까.

이제 겨우 이 집에 들어온 지 반년 정도 된 내가 알아야 하는 것이 이렇게 많을 일인가. 크리스가 푸념인지 사과인지 다짐인지 모를 말들을 건넬 때면, 간밤의 작문 문장들이 쓸모없이 바닥으로 굴러떨어져 흩어지는 것을 보며 난 아마도 무어라 대답해야 좋을지 모를 얼굴을 하고 있었을 것이다.

*

과묵한 레아는 크리스가 청결에 대한 강박과 예민한 성격을 가졌다고 때때로 불평했다. 그녀의 불평처럼, 크리스는 거실과 주방 바닥을 수시로 닦았으며, 주방 싱크대와 그 주변은 물 한 방울 튀지 않게 과도할 정도로 반질반질 닦아놓곤 했다. 나의 요리 횟수는 점점 더 줄어가고 있었다. 가끔 K-마트에서 사 온 김치로 김치볶음밥이라도 만들고 나면 어디 고춧가루라도 남기지는 않았는지, 주방 매트에 흘린 자국은 없는지, 기름방울이 주방 벽에 튀지는 않았는지 체크하는 일에 요리하는 일만큼이나 에너지가 쓰였기 때문이다.

그러나 크리스의 예민한 성격이 극적으로 발현된 곳은 임차인인 나나 잔소리를 하는 레아나 용변 냄새를 피우는 고양이가 아니라 옆집의 소년이었다.

집에서 홈스쿨링을 하고 있는 것인지, 학교를 가지 않는 옆집 소년은 부모가 출근하고 나면 오랜 시간 힙합 음

악을 틀었다. 음향과 장비에 대한 소년의 사랑 또한 대단
했는지라, 성능 좋은 우퍼의 소리가 연립주택 형태로 된
목조 주택을 솜씨 좋게 울렸다. 소년과 마찬가지로 직장
에 출근하지 않는 크리스는 리듬감 있게 목조 주택을 울
려대는 흑인 음악의 비트에 점점 신경이 날카로워지는 모
양이었다. 힙합의 리듬이 쿵쿵 작, 쿵쿵 작, 나무 틈새를
타고 전달되면 크리스의 두통도 함께 쿵쿵 작, 쿵쿵 작,
고조되는 것이 분명했다.

　지금 저 소리 분명하게 들리지 않니? 어떻게 생각해?
어떻게 해야 할까? 나 지금 두통이 너무 심해지고 있어.
가끔 내가 집에 있는 날이면 크리스는 방문을 노크하고
다급한 얼굴로 묻기도 했다. 음, 들리긴 하는데, 난 그럴
땐 음악을 들어, 내 방에서 볼륨을 높이면 다른 소음에는
신경을 덜 쓰게 되어서. 내가 만족스러운 대답을 주지 못
하자 크리스는 경찰을 불렀다.

　경찰차가 몇 번인가 왔다 갔다. 상황이 어떻게 돌아가
는지 그다지 알고 싶지 않았으므로, 나는 내 방문을 닫고
다시 한번 음악의 볼륨을 올렸는데, 후에 레아에게 들은
바로는 이 정도 소음으로는 소년을 처벌하거나 달리 제
재할 수 없다는 결론이 난 것 같았다. 그 후에도 크리스는
옆집 부모의 교육 방침에 대해 불평을 터뜨렸다. 몇 번인
가 소년의 아버지와 면담을 하기도 한 모양이었다.

그 무렵부터였던 것 같다. 아침에 집의 유리창이 깨져 있거나, 집 주변에 주차해놓은 내 차의 앞 유리창 위에 쓰고 난 콘돔이 올라와 있거나, 크리스 차의 타이어가 펑크 나 있거나 하는 일들이 빈번히 생기기 시작한 것은.

크리스는 옆집 소년과 그의 친구들이 한 짓이 분명하다며 이러다가는 언제 총을 들고 찾아올지도 모른다며 분개했다. 집에는 곧 꽤나 비싼 돈을 지불해야 하는 무인 경비 시스템이 설치—크리스는 자신이 이 시스템 때문에 한 달에 얼마나 지불해야 하는지를 나에게 설명하며 새삼 분개했다!—되었다.

집에서 한층 떨어진 커뮤니티 내의 다른 주차장에 차를 주차하고 돌아오며, 크리스와 레아와 나는 한 가족처럼 보이는 걸까, 역시 이 나라 사람들에게 동양인이란 국적에 상관없이 함께 있으면 한 가족으로 보이는 걸까. 그렇다면 우리 세 명은 어떤 가족 구성으로 보이는 걸까. 나는 새로운 의문의 형태를 떠올리고 있었다.

*

옆집 소년과의 신경전도 소강상태로 접어들고, 이제 예전처럼 음악 소리가 크게 들리지는 않는다며 크리스의 노기도 한층 누그러들 무렵이었다. 밤늦게 돌아와 다시 시작된 크리스와 레아의 격렬한 싸움 소리를 들으며 새벽

녘에야 가까스로 잠이 들었다. 이번에는 내가 경찰을 불러야 하는 것은 아닐까 진지하게 고민을 하고 있었던 것 같은데, 급하게 시계 알람이 울고 있었다. 좋아하는 영화 「새벽의 황당한 저주」에 나오는 우스꽝스럽고 불쌍한 좀비처럼 외출 준비를 마친 나는, 오늘은 사정해서라도 다른 친구 집에서 자고 와야겠다고 다짐하며 현관문을 열었다.

늦게 돌아온 데다 정체가 밝혀지지 않은 흉악한 장난도 잠잠해진 무렵이라, 굳이 집에서 먼 다른 주차 장소까지 찾아가지 않고 집 바로 앞의 주차 공간에 차를 두었더랬다. 문 앞에 얌전히 주차되어 있어야 할 차를 찾던 나는 뭔가 위화감이 느껴지는 풍경에 잠시 멍해졌다.

이상하게 깨끗했다. 그러니까 집 앞의 거리가 지나치게 고요하고 깨끗해 보였다. 간밤에 주차해두었던 내 차는 물론 집 주변의 모든 차가 사라져 있었던 것이다.

집 앞에 차를 주차했던 게 맞을까. 혹시 다른 곳에 주차해놓고 착각하고 있는 걸까. 어젯밤에 내가 술을 마시고 들어왔던 걸까. 아니 차를 운전하고 왔으니 그럴 리는 없다. 내 차는 그렇다 치고 다른 차들은 어디 갔을까. 무슨 자동차 세계의 휴거라도 일어난 건가.

무슨 일을 하는 건지 매일 아침 세차하면서 하이, 스위티, 하고 듣는 사람 어색하기 짝이 없는 인사를 던지던 옆의 옆집 사람도 오늘은 일찍 출근한 걸까. 어쩌면 옆집 소년이 동네 형들과 작당해 내 차를 어딘가로 끌고 가기라도 한 걸까. 버스도 전철도 없는 이놈의 동네에서 당장 내일부터 뭐 타고 다니지.

집 주변을 하릴없이 몇 바퀴 돌아보고 나서야 나는 바닥에 붙어 있는 조그만 쪽지를 발견했다. 그러니까, 당신의 차는 견인되었습니다? 곰곰이 생각하던 나는 커뮤니티 일을 관리하는 사무실로 갔다. 주거와 주차를 관리하는 곳이라 들은 적이 있지만 직접 방문하는 것은 처음이었다.

사무실에 앉아 있는 여자는 나의 황당한 얼굴에 안쓰러운 마음이 들었는지 생각보다 친절했다.

"오늘은 우리 동네 도로포장하는 날이라서 차를 다 치워야 해요. 몇 주 전부터 각 집마다 계속 공지해줬는데, 집주인한테 못 들었어요? 안됐지만, 여기 전화번호 줄 테니까 벌금하고 견인비 내고 찾으세요. 견인 장소가 이곳에서 좀 멀기 때문에 다른 차를 가지고 가야 할 거예요."

그녀는 이어 덧붙였다.

"되도록 빨리 가는 게 좋을 거예요. 한 시간마다 벌금이 올라가는데, 분명 어젯밤에 끌려갔을 테니까요."

헛됨의 놀이터

프롤로그: 여러 개의 붓

작가 임동승은 철학을 전공하여 학부를 졸업한 후 다시 학부와 대학원에서 서양화를 전공했다. 임동승의 작업을 보아오며, 그의 작품을 넘나드는 여러 레퍼런스와 동서양을 가로지르고 혼입하는 방식이 어쩌면 철학적이라 느꼈던 것도 같다. 그의 작업 현장을 직접 보고 작가의 말을 듣고 싶었다.

그의 작업실 천장은 높았고, 창이 컸고, 사다리를 타고 올라가면 몸을 굽혀 들어서야 하는 다락방 같은 공간이 있었다. 물감들은 어지럽게 흩어져 있었고, 갖가지 색깔들이 오래전부터 굳어 있거나, 서서히 굳어가고 있거나, 금방 짠 듯한 상태로 펼쳐져 있었다. 완성을 향해 조금씩 덧칠되어가고 있는 그림들, 내 얼굴보다 조금 더 클 법한 크기에서 천장까지 닿을 것처럼 큰 그림까지 각각의 작품들이 사면에 놓여 있었다.

거기 펼쳐진 형상들은 그 자체로 물질적 스펙터클spectacle

이었다. 흘러내리는 것, 섞여 있는 것, 굳어가고 있는 것. 비어 있는 것. 색, 색깔들, 두꺼운 붓의 흔적들. 지나간 시간들. 부피를 지닌 더께들.

내 머릿속에 있었을지도 모를 형상들이 색깔과 부피를 걸쳐 입고 공기 속에 펼쳐져 있는 광경은 혼란스러우면서도 매혹적이었다. 나도 내 안에 있는 뒤죽박죽인 대상들에, 겹쳐져 있는 흔적들에, 하나로 지칭하기 어려운 느낌에 색을 입히고 두께를 갖게 하고 싶을 때가 있다. 아니, 적어도 그것들이 내 안을 빠져나와 숨 쉴 수 있는 공간을 이 현실 세계의 한 귀퉁이 안에 마련해주고 싶을 때가 있다. 내가 이름 붙였으나 곧 내가 붙인 이름들을 빠져나가는 내 안의 그것들. 나에게 더할 수 없이 밀착되어 있다가 꺼내어 펼쳐놓는 순간 때로는 나와 무관한 것처럼 움직이는 그것 또는 그들을 무어라 부를까.

화가 또한 투명하면서도 모호한 감정을 가지고서 그것들을 바라보다가 한순간, 창밖으로 지나가는 바람을 느꼈을 것이다. 작업실 천장에서는 오래된 햇빛이 쏟아지고 있었을 것이다. 가끔은 거기 그것들을 내버려두고 다락방으로 올라가 잠깐의 휴식을 취하기도 했을 것이다. 그리고는 다시 돌아와 그(것)들 앞에 섰을 것이다.

그러나 그는 나와 달리 여러 개의 붓을 가지고 있는 사람이었고, 진짜 물감들을 가지고 있는 사람이었다. 나는 그 색과 형체의 세계를 조금 더 엿보고 싶었다. 내가 갖고 싫었던 붓이 섞여 있을지도 모를 그런 세계.

고로古老선장 방랑기—오래된 것들은 방랑한다

임동승, 고로古老 선장 방랑기Captain Olddays' Odyssey, 2006, 320×1105cm.

우주복을 입은 고로선장, 산수화의 세계에 나타났다. 캔버스와 한지, 먹과 아크릴은 만난다. 저 묵墨의 세계를 헤매고 있는 이들은 창세기의 인간들일까. 선악과를 따먹기 전, 부끄러움을 모르는 이들일까. 그들은 홀연히 출현하여 입 맞추고, 절규하고, 방랑한다. 혼령처럼, 선지자처럼, 구겨져 버려진 광고 포스터의 이름 없는 인물처럼, 이상한 흔적들을 남긴다.

그들은 정말 거기 있어도 되는 것일까. 그들로 인해 산수의 세계는 일그러진다. 아니 그 여백은 애초부터 정말로 빈 공간은 아니었을 것이다. 그들은 언젠가부터 거기에 있다. 미래의 시간은 흘러내리고, 과거의 시간은 움직인다. 나는 그 시간의 어디쯤엔가 있는데, 내가 처해 있는 사이란 그렇게 흘러내리고 움직이는 시간과 함께 이동해 가고 있는 '사이'다. 세계는 그렇게 오래전부터, 일그러져 있는 것이다. 작가에게 물었다. 아래 인용은 작가 임동승의 말이다.

    당시 저는 동양과 서양이라는 이분법적인 사고
    의 실체에 대해 관심이 많았습니다. 메를로퐁티는
    회화가 독특한 방식으로 어떤 문화적 유형의 대변
    자가 될 수 있다고 보았죠. 제가 동양과 서양 각각
    의 회화 작품을 보는 관점도 이와 비슷했습니다. 한
    편 나 자신은 그 어느 쪽에 속해 있지도 않지만 결

코 무관하지도 않다고 느꼈기에, 이 애매한 상태를 표현해보고자 했습니다.

그는 말한다. 무관함에 대하여. 무관하지 않음에 대하여. 그리고 애매함에 대하여. '표현'이란 이 모호하고도 애매한 상태를 견디고자 하는 힘의 의지일 것이다. 이질적인 것들, 충돌하는 것들, 모순된 것들, 배척하는 것들. 그러나 이질적인 것들의 이질성은, 우리들 안의 관념일지도 모른다. 내 안에 혹은 내 밖에 있는 다름들은 섞이고 맞부딪치면서 각자의 에너지를 증명한다. 수많은 에너지가 뿜어져 나오는 공간의 형태가 명확할 수는 없다.

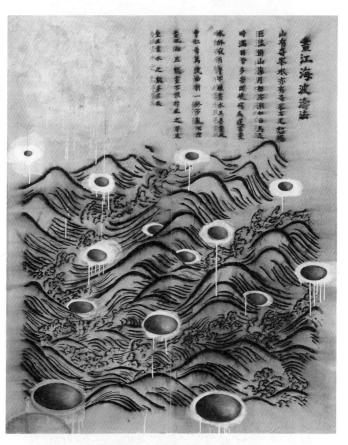

임동승, 바다의 구멍들Holes in the Ocean, 2006,
캔버스에 한지와 먹, 목탄, 아크릴, 160×130cm.

임동승, 입맞춤Kiss, 2007, 캔버스에 한지와 먹, 아크릴, 유화, 160×160cm.

임동승, 무제Untitled, 2007, 캔버스에 한지와 먹, 아크릴, 유화, 180×220cm.

강과, 바다와, 파도를 그리는 화법이 하나의 매뉴얼ma-nual이 되었을 때 그것은 키치kitsch로 전환한다. 현실에서는, 오래된 키치가 최신식 키치를 억압하기도 한다. 블랙 유머와 같은 장면이다. 임동승의 작품들은 현실의 블랙 유머와도 닮아 있다. 바다에 난 검은 구멍들을 보고 있노라면, 재미있기도 하고 오싹하기도 하다. 한지에 돌올한 검은 구멍들. 눈동자와 같이 나를 바라보며 둥둥 떠다니는 묘한 질감의 덩어리들.

꽃의 색깔은 때로 무척이나 노골적이다. 흘러내리는 입맞춤처럼. 그 사이에서 피어오르는 연기는 노골적이지만 뚜렷한 형체가 없다. 아이는 뭐가 뭔지 알 수 없는 푸른색의 덩어리를 들고 달린다. 조금 더 큰 아이가 뭐가 뭔지 알 수 없는 덩어리를 들고 달린다. 그리고 더 큰 아이가 또 달린다. 아이는 되풀이되면서, 크고, 흐릿해진다. 여기에 질서는 없다. 꽃이 피어나고, 사랑을 나누고, 아이가 커가는 일에 정말로 질서는 있는 것일까?

그렇게 현실은, 가끔 뒤집힌다. 텅 빈 얼굴로 서 있는 학도병의 모습이 어딘가에서 호출되듯이. 물구나무선 형상들 사이에 수많은 얼굴들이 떠다닌다. 현실의 질서는 단지 재배치되고 있을 뿐이다.

　　허버트 리드는 미래주의futurism의 실패 원인을 "그 이유는 그렇게 멀리서 찾을 것도 없이 미래주의는 근본적으로 상징적인 미술이며 관념적인 생각을 조형적인 형태로 예시하려는 시도였기 때문이다. 그러나 생명 있는 미술은 느낌으로써 시작하고 재료로 나아가며 단지 부수적으로만 상징적 의미를 획득하게 된다"라고 설명했는데, 이 시기 제 작업도 비슷한 이유로 변화를 겪은 것 같습니다. 관념적인 생각—'동양적인 것'과 '서양적인 것' 같은—이 작업 과정을 지배할 수 없으며, 세계와 인간에 대해 느끼는 상像과 작업에서 사용되는 물질들이 보다 자유롭게 스스로를 드러내야 한다고 생각하게 되었죠.

　　그의 이야기를 들으며 나는 말라르메의 '책'에 대해 생각했다. 어쩌면 언어의 조건보다는 더 자유로운 조건 속에서 텍스트를 창작해내는 것으로 보이는 그의 작업에 대해 조금은 질투를 느끼기도 했던 것 같다. 말라르메는 결국 음악을 꿈꾸었던 건지 모르지만.

　　그림을 그리는 과정 중에는 자신이 그리고 있는 그림을 보지 않고, 대상만을 주시하면서 손으로 그 사물의 형체를 따라 그리는 연습이 있다고 한다. 내가 눈으로 보는 스피커와, 내가 머릿속으로 생각하는 스피커, 그리고 내 손에 의해 그려진 스피커의 차이. 관념과 실제 그리고 대상의 간격들.

결국 우리들은 더 많은 자유, 좀더 많은 자유를 원하고 있는 것이 아닌가. 그리고 그건 우리뿐만 아니라, 그들 또는 저들에게도 해당된다.

임동승, 무제Untitled, 2009, 캔버스에 한지와 먹, 아크릴, 유화, 190×150cm.

임동승, 무제Untitled, 2009, 캔버스에 한지와 먹, 아크릴, 유화, 180×180cm.

그는 저들에게 이름 붙이지 않는다. 금방 지나친 것도 같고, 내 옆에 살고 있는 것도 같고, 텔레비전 속에서 뛰쳐나온 것도 같은 얼굴들은 무작위로 배치된다. 재료들은 미친 듯 뒤섞인다. 쉽사리 구상화되지 않는 대상들은 색과 형체와 질감으로 자신을 말한다. 한낮의 어지러운 꿈이다.

나는 이 수없는 덩어리들을 만져보고 싶었다. 그림을 도판으로 마주하는 과정에서 배제될 수밖에 없는 것들에 대해 이야기할 때, 그것이 다만 진본과 진본 아닌 것 사이의 느낌과 아우라에 대한 언급만은 아닐 것이다. "180×180cm"나 "캔버스에 한지와 먹, 아크릴, 유화"와 같은 나열만으로는 설명되기 어려운 울퉁불퉁한 흔적들, 어지러운 두께들은 그가 관념과 대상 간의 거리에서 느낀 절망 사이에서 탄생한 것일 터이다. 그렇게 탄생한 느낌을 다시 필터를 통해 거르지 않고, 눈으로 보고 손가락으로 만지고 싶은 나의 욕망.

언어, 즉 로고스logos의 옷을 입지 않은 채 표출되는 행위와 욕망에 대해 말로 설명하기 어려울 때 우리는 그것을 '광기' 또는 '백일몽'이라 이름 붙여 부르기도 한다. 그렇게 명명함으로써 설명하기 어려운 우리 내면의 욕망에 대한 두려움을 잠시나마 잊을 수 있으므로. 광기와 백일몽의 헛됨이란, 그것들이 언제라도 금방 실체를 지니고 불쑥 나타나 우리를 압도할지 모른다는 공포에 비례해 더욱 커지는, 우리가 믿고자 하는 '헛됨'이다.

그러나 헛됨이 헛되게 돌아다닐 수 있는 세계의 존재를 인정한다면? 예술은 그 헛됨들의 놀이터다. 유모가 된 개, 시녀의 모습을 하고 앉은 사자, 사과가 되어버린 얼굴을 얹은 여자들은 현실을 가볍게 뛰어넘고, 이 놀이 속에 탈脫현실, 초超현실의 백일몽도 존재한다.

임동승, 견유모Doggy Nanny, 2009, 캔버스에 한지와 먹, 아크릴, 180×145cm.

임동승, 사자 시녀Liony Waitress, 2009, 캔버스에 한지와 먹, 아크릴, 180×145cm.

임동승, 사과 여인Apple Woman, 2010, 캔버스에 유화, 97×140cm.

형상, 물질, 흔적

그는 재료를 완전히 정복하는 것은 불가능하며 그런 생각으로 재료에 접근하는 것도 바람직하지는 않다고 말했다. 그러므로 작가의 스타일 또한 흘러가는 것이며 자신의 의식 안에 그것을 가두고 싶지는 않다고 했다. 우리가 '모순'이라 말할 때, 실제로 그것은 물질의 속성이 아니라 인간의 관념에 불과하며 현실의 창과 방패가 있어 서로 부딪쳤다면 어떤 식으로든 결과를 얻었을 것 아니겠냐는 그의 이야기는 무척 재미있었다. '말' 그리고 '로고스'가 지니는 한계에 예술이 부딪치는 순간에 대한 동질적인 경험의 반가움.

　그러므로 우리가 대상과 맞닥뜨릴 때 필요한 것은 어린 아이의 신기함을 유지하는 일. 내가 본 그것이 내가 아는 그것과는 다를 수 있음을 인정하는 일. 나와 직접적으로 대면한 물질이 가진 낯선 형상의 '낯섦'을 받아들이는 것.

임동승, 초상화 연구—고양이 귀의 여인Portrait Study—Woman with Cat's Ear, 2010
캔버스에 유화, 72.7×50cm.

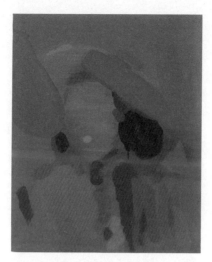

임동승, 초상화 연구——미국 여인 2Portrait Study—American Woman 2 , 2010
캔버스에 유화, 60.6×50cm.

임동승, 초상화 연구——영화「협녀」로부터Portrait Study—from the Movie
'Hsia Nu', 2010, 캔버스에 유화, 85×65cm.

임동승, 초상화 연구─중국여인Portrait Study─Chinese Woman, 2010,
캔버스에 유화, 65.1×53cm.

　회화는 형상과 물질과 흔적이 뒤섞여 이루어집
니다. 형상은 환영illusion이나 의미 기호로 작용하
고, 물질은 대상화된 사물object로서의 실재성을 갖
고, 흔적은 그것이 남겨지던 순간의 상황을 증언하
죠. 그런데 이 셋이 한자리에 얽혀 있을 필연적인
이유는 없는 것 같습니다. [……] 각자가 작업을 통
해 '피어오르듯이' 충분히 발현되어 서로의 모순이
나 무관함이 더 이상 느껴지지 않는 새로운 국면으
로 접어들 때가 있습니다. 이것이 바로 제가 〈초상
화 연구〉를 통해 포착하고 싶은 순간입니다.

나는 그의 흔적을 그의 그림에서 본다. 주체의 붓질이 대상을 억압하지 않을 때, 대상의 형체가 물질의 실재성을 억압하지 않을 때, 물감의 사물성이 그리는 이의 터치를 억압하지 않을 때, 그 평면은 완전히 새로운 입체적인 공간으로 다시 태어날 것이다. 덧없지만 행복하고, 행복하지만 영원히 지속되지는 않는 그 순간. 순간의 피어오름을 위한 오래고 끝없는 붓질. 아마도 에필로그는 없을 붓질의 시간들.

나에게 그의 그림들은 여전히 낯설고, 나는 그 낯섦에 다시 한번 마주친다. 마주침의 순간마다 또한 이름 붙일 수 없는 감정들은 피어오를 것이다. 한낮에 꾼 꿈의 한 장면을 떠올릴 때처럼.

일요일의 현상학

한국어에서 만날 때의 인사말과 헤어질 때의 인사말은 같은 단어로 쓰일 때가 있습니다. 안녕.

못 본 동안 안녕했는지 지금은 안녕한지 묻고 앞으로도 안녕히 잘 지내라고 기원하는, 과거와 현재와 미래에 대한 안부가 이 인사말 속에 담겨 있습니다. 과거에 대해 묻는 듯하지만 현재를 가늠하고, 이별을 말하지만 만남에 대한 기대를 전하는 것 같기도 한 이 단어를 나는 좋아합니다. 잘 지냈냐고 나는 묻고 있는데, 잘 지내라고 너는 멀어지는 순간의 엇갈림들이 이 단어 안에서 미묘하게 흔들리면서 공존하고 있기 때문입니다. 마주침의 순간에 발해지지만, 각자가 되는 시간을 예비하는 생략의 공간이 '안녕'이라고 말하는 순간 생겨납니다.

안녕이라는 말의 느낌이 내 시 안에 존재하면 좋겠다고 생각합니다. '일요일'이라는 단어를 시 속에서 구사할 때, 나는 바로 지금 '일요일'의 기분, '일요일'의 상태, '일요일'의 공기이고 싶습니다. 그런데 그 공기와 기분 속에서 누군가는 지나간 일요일들을, 누군가는 앞으로 올 일요일들을 떠올린다면 어떨까 상상을 합니다.

어떤 날은 그 시를 읽으면서 토요일의 날씨와 월요일의 하늘 같은 것들이 생각나도록 하고 싶습니다. 사실은 모두가 한 번씩은 겪어보았던 일요일이지만, 어쩌면 아무도 느껴보지 못했던 일요일이란 어떤 것인지 스스로에게 질문을 합니다.

이상하게 일그러진 시간과 공간의 현상학 안에서 작은 점처럼 한 귀퉁이를 차지하고 있는 나에 대해서, 나라는 삶에 대해서, 의문을 던집니다.

점처럼, 우연히 잘못 찍힌 점들처럼, 나라는 삶들은 이 세계 안에 내던져져 있습니다. 투명하고 깨끗하게 기화하고 싶은 욕망과, 잘못 찍힌 것이 아님을 증명하듯 선명히 번져나가고 싶은 욕망 사이에서 나는 위태롭게 흔들리고 있습니다.

나의 시는 그 점들 사이를 잇다가 지워지곤 합니다. 지워지다 만 흔적 같은 것입니다. 흔적으로서 당신에게 안부 인사를 건넵니다.

느닷없이 혼자가 되었음을 깨달았다가, 자신에게 가장 친숙한 집이자 자신의 우주이기도 했던 엄마를 발견한 아기의 얼굴에는 인간이 지닐 수 있는 가장 순수한 두려움과 가장 순수한 기쁨이 교차합니다. 두려움과 기쁨이 교차하는 그 사이에서 생겨나는 것은 불안이라는 감정입니다. 감정이라기보다는 인간이라는 존재를 규정하는 조건 같은 것이라고 말하는 편이 좋을지도 모르겠습니다.

이 순수한 두려움에 대해 생각하고 있습니다. 순수한 두려움은 금세 다른 것들의 틈입으로 어지러워집니다. 과거에 저런 것들을 겪었으니까. 앞으로 이런 것들을 겪게 될 테니까. 이런 것들과 저런 것들로 이유가 가득 차서 그 두려움이란 정말로 어디에서 왔는지 잊게 될 때가 많습니다. 어디에서 왔는지 모르는 감정과 기분들이 나의 삶 속에 들어서서 주인처럼 나를 불렀다가 들었다가 내려놓았다가 내팽개치곤 합니다.

시를 쓰기 시작했을 때 그런저런 두려움의 이유들을 알고 싶다고 생각했습니다. 그 첫번째 장면들이 어디인지를 찾아가는 과정이 미래의 내 삶과 연관되어 있다고 느꼈기 때문입니다. 지금 내가 서 있는 이곳에서 내가 손님처럼 여겨지고, 초대받았다 돌아가는 자리에서 신발을 못 찾아 허둥거리는 느낌으로 초조해질 때, 내가 모르는 장면들이 내 삶의 앞머리에 있었을 것이라고 여겼습니다.

내 삶의 첫번째 장면들은 잘 구성되지 않았습니다. 시쓰기를 통해 계속해서 나는 실패하고 있었습니다. 실패하면서 나는 끊임없이, 무엇인가를 한 것이 아니라 아무것도 하지 않은 것 같은 자리로 돌아가고 있었습니다.

이상한 것은 실패의 순간들 속에서 저 아기의 순수한 두려움과 같은 순간들을 언뜻언뜻 발견할 수 있었다는 것입니다. 세계에 대한 백 퍼센트의 공포를 겪는 자로서 나는 인간이기도 했지만, 금방 물에서 뭍으로 내던져진 물고기의 파닥거리는 비늘이기도 했고, 사막이었다가 바람에 흩날리면서 형체를 잃어버리는 하나의 모래알이기도 했습니다.

순수한 두려움은 순수한 기쁨의 상태를 목이 마르게 꿈꿉니다. 나의 목마름으로 인해 나의 잠은 썩 편치 못합니다. 알 수 없는 일입니다. 내가 목격한 것이 다만 그림자의 순간이어서 꿈을 꾸는 것인지, 꿈을 꾸고 있기 때문에 눈을 뜨지 못하고 있는 것인지 말입니다.

힘겹게 눈을 깜빡거리는 일이, 소용에 닿는 일인 것인지 알지 못한 채로, 눈을 떴다가 감았다가 다시 뜹니다. 닫혔다가 열렸다가 닫히고, 열렸다가 닫혔다가 다시 열립니다. 그 깜빡의 사이에서 나의 시는 불안을 만들어내고 있습니다.

점심은 식당에서 밥을 먹고, 약 20분간 차를 타고, 틈틈이 공상을 하고, 일고여덟 통의 메시지를 보내고, 스무 페이지 정도의 책을 읽었다고 써보아도 나의 오늘 한나절은 구체적으로 전달되지 않습니다. 생략된 주어 '나'와 '먹고, 타고, 하고, 보내고, 읽었다'는 동사적 서술어들은 우연적으로 연결되어 있는 것 같지만, 그 행위들을 통해서만 나라는 사람을 규정할 수 있다는 점에서는 필연적으로 연결된 것도 같습니다. 나는 그 행위들 중 가능한 하나를 선택해서 실행한 것 같지만, 예정되어 있는 행위들의 연쇄가 나라는 사람을 구성한 것 같기도 합니다.

밥을 먹지 않고 굶거나 차를 타지 않고 걷거나 공상하지 않고 잠을 자거나 메시지를 보내지 않고 전화기를 들었다면 나라는 사람은 지금과 조금 달라져 있을까요?

나의 대답은 그렇다와 아니다 사이를 무한히 진동합니다. 이런 질문이 사소하다면 이렇게 물어보기로 합니다.

당신을 만나지 않았다면, 당신을 사랑했다면, 당신을 사랑하지 않았다면, 당신을 만났다면, 나라는 삶은 지금과 조금 달라져 있을까요?

'나'인 주어가 '무엇'인 행위를 '하다'는 서술어들과 어떻게 연결되어 있는지에 대해 생각하다 보면, 생각은 무심하게 뻗어나갑니다. 공상 속에서 나의 머리카락은 샛노랬는지 새파랬는지, 내가 새로 쓸 책은 어느 나라의 언어로 쓰이는 것이 좋을지, 어떤 노래에 대한 답장을 당신에게 써서 보낼 것인지, 무심한 생각들은 도착지를 알 수 없습니다. 그러나 도착지가 있는 '했다'와 '보냈다'는 과거형 동사들에 비해 나를 나답게 만들어주는 것은 이 무심한 정처 없음입니다.

시 쓰기는 정처 없는 무심함을 끝까지 밀고 나가는 과정입니다. 끝이란 정해지지 않은 끝이므로 도착할 수 없는 끝입니다. 우연과 필연들의 힘센 장력 속에서 비틀거리면서 용케 공기의 흐름을 타는 날갯짓 같은 것이라 한없이 자유로워 보이는 순간 금세 기우뚱 위태로워지는 것입니다.

정처 없는 이 공중의 길목들에서 나는 아기인 '나'와 노인인 '나'를 만납니다. 아기는 나였다가 나가 아니게 되고 나는 노인이었다가 노인이 아니게 됩니다. '무엇'이었다가 '무엇'이 아니게 되는 수많은 '나'들을 만납니다. 수많은 '나'들이 '나'였다가 '타인'이 되는 장면들을 만납니다.

'나'가 '나'에게서 떨어져 나오는 이 순간, '나'가 '나'가 아니게 되는 사이에 대해 말하고 있을 때만, 나는 나 아닌 다른 사람에게 '나'를 전달할 수 있습니다.

세계의 한 귀퉁이는 그렇게 닫혔다가 열리기도 합니다.

아직 여름은 끝나지 않았으니

이수지, 여름이 온다 — 물방울, 2021,
종이에 수채, 오일 파스텔, 색종이 콜라주, 57×76cm.

막이 열린다. 여름의 푸른 장막. 모니터 건너편에는, 장막의 뒤에는, 이 사각의 구획된 아파트들 창문 저 너머에는 무엇이 있나.

태양은 가혹하게 내리쬐고, 산과 들의 초록은 지루할 만큼 힘이 세고, 매미 소리는 시간을 끈적한 엿가락처럼 늘인다. 분절도 되지 않고 끝이 날 것 같지도 않은 더위, 여름의 한낮이다.

마당 수돗가에는 고무호스가 똬리를 틀고 있고, 우산과 물뿌리개는 낮잠을 자듯 널브러져 있다. 세숫대야도 강아지도 고요히 눈을 감고 견디고 있다. 어디선가 본 것 같은, 매년 반복되는 것만 같은, 그러나 오래전에 영문도 모르고 떠나온 것 같은 이 풍경을. 이 여름을.

막이 열린다. 무대에 오르는 이들이 있다. 연주가 시작된다. 너무 빠르지 않게, 선들이 흐른다. 흐르는 선들에 흔들리는 공기, 바람이 분다. 바람이 불다가는,

모두 나와! 물놀이닷!

잠자던 강아지의 귀가 화들짝 들리고, 눈동자는 깜짝 커지고, 시작된다. 이것은 색깔들의 축제. 물의 카오스. 백주 대낮을, 여름의 흰 장막을, 끝없이 평평하게 이어지던 우리 삶의 무대를 찢고 가르고 푸른 물방울들로 점점이 가득 채운다.

분홍색 풍선이 날아오른다. 이것 봐, 나는 요정 날개를 달고 구름 위를 날아오르는 꿈을 꾼다. 초록색 풍선이 돌진한다. 엄마, 새끼 강아지 이름은 하양이라고 지을까. 꼭 솜사탕같이 폭신하고 달콤한 냄새가 나. 막아! 우산 방패로, 어서. 물뿌리개도 세숫대야도 우산도 강아지도 모두 함께 전투. 너는 우리의 주홍색 호위병. 연두색 풍선이 터지면, 잊었던 웃음이 생각난다.

떠오른다. 팡 하고 터져 나온다. 안돼, 이러기야! 멈춰! 뒹굴고 흠씬 젖고 넘어지고 달아나고 소리치고 넘어뜨리고 하늘 향해 팔 벌리고 아아 입을 벌리고 하늘을 마시고, 우리 모두 물방울 무지개, 빨주노초파남보 물든다. 초록이 되어 눕는다.

여기는 물의 나라. 고무호스를 잡으면 괴이한 힘을 갖게 되는 곳. 하양아, 잘 봐, 나는 진짜 힘이 세다. 아저씨도, 아줌마도, 언니도, 오빠도 넘어뜨릴 수 있지.

이것 봐, 나는 커다란 분수도 만들고 비도 내린다. 물방울들은 반짝반짝 햇빛에 천사들처럼 빛나지. 천사들 보고 건너오라고 일곱 빛깔 무지개도 만들지. 목이 마르면 천사들을 마셔. 함께 춤을 추어볼까.

너는 꼬리를 흔들어. 이렇게 팔을 벌리고. 우리는 정말 멋진 짝꿍이지. 네 털도 젖고 내 머리카락도 젖고. 저 푸른 선들이 보이지. 아무리 까치발을 해도 닿지 않던 하늘

이수지, 여름이 온다 —악보, 2021, 종이에 수채, 오일 파스텔, 연필,
종이테이프와 색종이 콜라주 등 혼합재료, 57×76cm.

까지 닿을 것 같지. 우리는 정말 힘이 세다. 구름도 뚫을 수 있지. 웃음도 나고 눈물도 나지. 그래서 비가 내리지.

비가 내린다. 여름의 비가 내린다. 돌풍과 함께. 뒤흔들며 내린다, 바위같이 굳세던 나무를 지평선을 강둑과 하늘을. 우리한테 맞으라고. 한 군데도 빠짐없이 젖으라고. 한 발 한 발 힘겹게 떼라고. 그래도 손바닥 벌리고 뛰어오라고. 온몸이 날아가라고. 주홍색 호위병을 놓치라고. 모두 놓치라고. 뿌리째 흔들리라고. 멀리 아주 멀리 다녀오라고. 꿈속 같은 여행을 부디, 번개처럼 번쩍, 빛 가운데서. 혼자는 말고. 하양이랑 음악이랑, 언니랑 오빠랑, 손에 손을 잡고. 정말로 날아갈지도 모르니까.

비가 내린다. 여름의 비가 내린다. 함께 건너가고 있다. 이 푸르고 검게 넘실대는 대지의 음악 속에 우리들은 그려져 있다. 연필 선처럼 우리는 흐릿하고 우리는 가느다랗지. 지워질 것 같지. 비의 음표는 포르테 포르테 프레스토. 우산은 뒤집히고 우리의 마음은 우르릉 쾅쾅. 그래도 씩씩하게. 아직 여름은 끝나지 않았으니까.

우리는 떠올릴 수 있는 것들이 아주 많으니까. 바다를 건너가는 함선의 선장과 선원들처럼. 함께 연주한다. 당신에게는 우리의 몸짓이 들리지 않을지도 모르지만, 비의 협주곡이 되어. 여름의 협주곡이 되어.

막이 닫히고, 또다시 막이 열린다.

여름이 왔다.

---

* 이 글은 이수지 작가의 전시 〈여름 협주곡Summer Concerto〉(알
부스 갤러리, 2021)에 부치는 글이다. 이수지 작가의 그림책 『여
름이 온다』(비룡소, 2021)의 장면들을 떠올리며, 비발디의 「사
계Le Quattro Stagioni」와 함께 썼다.

(181)

여름, 판타지

길고 날카로운 침이 복부를 쑤욱, 그러나 재빠르게 찔렀다 나가는 느낌이었다. 통증은 몸을 돌아나간 듯하다 이내 다시 돌아왔다. 아침이 되면 나아지려나 했던 기대는 예상처럼 빗나갔다. 주말에 문을 연 병원을 찾아갔다. 헤아려보니 딱 작년 이맘때쯤 찾아갔던 24시간 운영하는 병원이다. 작년에는 한밤중에 통증이 심해져서 급히 찾아간 터였다. 염증을 가라앉히는 주사를 맞고 통증을 줄이는 약을 받아 돌아온다. 약 기운이 돌아 몸이 좀 편안해지기를, 신경 다발 하나하나가 가느다랗고 날카롭게 곤추서는 감각에 몸과 정신이 결박되지 않기를 바라며 시간이 흐르기를 기다린다.

여름이 되면, 자주 일어나는 일이다. 나의 생일 즈음과 같은 시기에 시작되는 잔병치레다. 병이 시작되는 시기를 기억하는 것은, 그때가 대부분 나의 여름휴가 기간과 겹치기 때문이다. 한창 휴가철인 8월의 광복절 공휴일이 지나간 무렵 바다를 찾아갈 수 있는 여행지의 숙박을 예약한다. 이 무렵이면 거의 대부분의 해수욕장이 문을 닫거나 폐장일까지 며칠만 남겨두게 된다. 여름의 흥성거리는 분위기가 지나가고 가을이 찾아오기 직전의 바다 풍경을 좋아한다. 해수욕장 주변의 임시 점포들도 대부분 철수하고, 백사장을 채우던 커다란 음악 소리도 잦아들어 있다. 뜨겁던 태양 빛도 조금은 수그러들어 있고, 일몰은 차가워진 바닷물 위로 더욱 선명해진다.

숲의 오래된 나무들에 깃든 이끼를 구경하는 것만큼 좋아하는 일이, 바다의 파도를 하염없이 바라보는 일이다. 영화 「혹성탈출」이었나. 어려서 본 영화의 결말에 주인공들이 도달한 미래조차 폐허가 된 지구의 바닷가였던 장면이 꽤 오래 마음에 남았다. 어떤 미래의 시간에서도 파도가 쳐대고 있는 바닷가 앞에 놓인 인간의 모습이, 영원 앞에 놓여 금세 사라질 한 줌의 작고 취약한 운명을 보여주는 것 같았다. 중학교 시절 가장 좋아했던 강경옥의 SF 만화 「별빛 속에」의 검고 긴 머리카락의 주인공 신혜-시이라젠느가, 사랑과 미래를 포기하고 선택하여 우주로부터 도달한 마지막 장소도 아마 파도가 치는 지구의 바다였던 것으로 기억한다.

SF와 바다를 좋아하는 취향도 어려서부터의 이런 장면들이 몸에 각인되어서였을까. 멕시코 여행을 갔던 20대의 끝자락, 내륙지역에는 반군이 주둔하고 있을 때라, 버스를 타고 내륙을 횡단하는 도보 여행을 모두가 말렸었다. 그럼에도 '숨어 있는 항구'라는 뜻의 이름을 지닌 푸에르

토 에스콘디도라는 지역을 여행 동선에 넣었던 것은, 꼭 그곳에 가서 해변의 파도와 석양을 바라보고 싶었기 때문이다.

> 숨어 있는 항구라는 이름의 섬. 거기서는 개들이
> 파도를 바라보고 있다고 해. 내려오는 하늘의 꼬리
> 가 해변과 맞닿을 때 개들의 눈가도 붉어지고.
>
> ─「드림 캐처」 부분

그곳에 다녀오고 나서 위의 시를 썼더랬다. 해변의 모래에 배를 대고 앉아 있는 개들의 축 늘어진 귀를 보고 있는 일이 좋았고, 서핑을 마치고 보드를 옆구리에 끼고 돌아오는 이들의 몸에서 떨어지는 물방울을 구경하는 일도 좋았다. 그러나 결국 가장 좋았던 것은, 아주 먼 나라에서 지구와 지구의 끝인 바다와 하늘이 만나는 장면을 내가 눈앞에서 볼 수 있다는 것. 태양이 바다의 뒤편으로 넘어가는 석양 무렵, 이 분절과 구획이 뚜렷해져서, 내가 평소에는 잊고 지내던 우주의 작은 별에 지나지 않는 지구에 발을 딛고 있는 한 점이라는 것을 깨닫게 된다는 것이었다.

*

이런 사정으로 여름의 여행은 언제나 8월 중순이 지나

9월이 시작되기 전, 바다로 향하는 일정이 되기 마련이다. 여행이 막 시작되기 전쯤 신체에 어떤 증상이 발생한다. 피부에 참을 수 없이 가려운 발진이 생겨 해변에 가서 피부를 내놓고 햇볕을 쬐라는 처방을 받거나, 여행지로 떠나기 직전 심한 구토를 하다가 응급실에 가서 약 처방을 받아오거나, 화장실을 갈 때마다 격발하는 타는 듯한 통증에 주사를 맞고 항생제를 받거나 하는 일들이 대부분 이 시기에 일어난다. 잊었다가는, 아 그랬었지, 내가 왜 또 이번에도 같은 짓을 했던가, 제가 방금 낳은 새끼를 잡아먹는 어항의 구피 같은 한심한 기억력에 머리를 내젓는다.

반복되는 통증과 질병이, 여름이라 입맛이 없고, 잠을 못 자고, 면역력이 떨어지고, 습한 날씨와 찬 음료를 조심성 없이 마신 탓이라 여겼다. 평소에도 무어 그리 활기차게 건강한 육체를 지닌 건 아니었으니 그러려니 하며 통증을 넘겨왔었다.

어느 순간부터, 아마 아이를 낳은 후부터였을까. 여름 무렵의 통증이 발발할 때 엄마와 나의 어떤 한 시기를 떠올리게 되었다. 엄마는 막내인 나를 한여름에 낳느라고 무척 고생을 했다 한다. 아기를 가진 채로 아버지가 발령받은 시골 관사에서 무거운 물동이를 길어 나르다가 조산하게 되었다고 했다. 칠삭둥이인지 팔삭둥이인지 모르겠으나 달을 다 못 채우고 나온 아이. 어렸을 적에는 친척들이 모이는 장소에 가면, 하이고 니가 어찌 이리 커부렀어 야, 그들은 신기함을 섞어 감탄사를 뱉었다. 이 아이는 곧 죽거나, 살더라도 어딘가 모자라지 않을까 속으로 생각했 다는 말을 전하곤 했다. 누여놓으면 눕혀둔 대로, 엎어두 면 엎드린 채로 움직임이 없었다고도 했다.

　모자라다. 이 말을 둘러싼 그 시간의 분위기가 함께 떠 오른다. 움직임이 없는 아이. 달을 다 못 채우고 태어난 아이. 엄마의 몸 안에서 필요한 양분을 있는 힘껏 최대한, 섭취하여 태어나지 못했으므로 어딘가는 부족한 아이. 그 리하여 결국 채워지지 않을 아이. 아기를 염려하고 때로 는 짐작하는 친척들의 눈길. 아기에게 달수에 맞는 영양 과 신체를 공급해야 하는 것이 당연한 엄마의 육체. 엄마 가 미처 다 채우지 못한 고통의 달수와, 나를 모자란 아이 로 만들었던 모자란 시간이 요철처럼 맞아 들어가는 끔찍 한 기이함.

　엄마는 내 생일이 껴 있는 8월이 돌아오면 몸이 아프다 고 했다. 먼저 온 자식 둘에게 신체의 고갱이를 내어주다 보니, 막내에게는 그럴 힘도 영양도 부족했던 것일까. 오 빠들이 배 속에 있을 때는, 아버지의 초임 박봉으로 인해 뭘 잘 먹지를 못했어도, 백일 사진에 그렇게 토실토실해 보일 수가 없이 아들 둘이 건강하게 태어났다고 엄마는 늘 말했다.

　지금까지 나는 엄마에게 여름의 아픔이 정확히 어떤 것

인지를 물어보지 못했다. 엄마의 육체적 고통의 연원이 된 아기. 한편으로 엄마의 양분을 다 못 빼앗고 나와 다시 모자람을 지니게 된 아이가 이 정도나마 큰 것은 친척들 말마따나 대견한 일일 것이다. 그러나 중요한 순간에 필요한 체력과 정신력이라는 허들 앞에서 번번이 한두 가지는 포기하게 될 때마다, 스스로에 대한 위안이라도 찾듯 나는 8월을 둘러싸고 일어나는 어떤 고통의 귀환에 대해 생각하게 된다. 엄마의 신체적 고통의 세부에 대해 자세히 알려 하지 않던 나는, 이제 다만 엄마가 고통을 경험하는 시기에 같이 고통을 겪는 나이가 된 것이다.

*

여행에서 돌아오는 길이었다. 통증은 완전히 가시지 않았지만 진통제 덕분에, 며칠간 몸을 달래며 여행을 다녀올 수 있었다. 진통제에 반응하는 몸은 명백하고 투명하다. 교란된 나의 신경 신호가 가져다주는 일시적인 평화. 이렇게 정직하게 약품에 반응하는 신체와, 그 지속의 명백한 한도를 경험하는 일은, 나의 신체로서 해낼 수 있는 한계치의 가능과 절망을 동시에 맛보는 일이기도 하다.

가령 여섯 시간의 지속이 보장되는 효능의 시효를 늘이고 늘이면, 어떤 순간에라도 마음먹은 일을 마칠 수 있겠구나 하는 느낌. 이것이 학생이 각성제를 털어 넣고, 운동

선수가 스테로이드제를 복용하고, 가수가 마약을 흡입하게 하는 명료한 메커니즘이지만 인간 신체의 수명이 유한한 것처럼 그 시효를 결코 영원까지 늘일 수 없을 거라는 깨달음.

그리고 공상은 흘러가는 것이다. 애니메이션 「공각기동대」에서 사이보그 쿠사나기가 항구의 선체에 걸터앉아 술을 마시며 말하던 대사를 떠올린다. 마음만 먹으면 혈중 알코올을 순식간에 분해해 말짱해지는 능력. 인간의 육체보다 우월하고 아름다운 사이보그 신체를 소유할 수 있다면, 그것을 마다할 이유가 있을까. 나의 이 모자란 여름의 몸뚱이를 내주고 모든 고통으로부터 독립적인 강인한 신체를 갖게 된다면. 어쩌면 그것 또한 선택된 자들만이 지닐 수 있는 미래의 권리일까.

끼익. 앞차의 급브레이크 소리에 공상이 깨지고 나 또한 급히 브레이크를 밟는다. 소로이기는 하지만 급하게 세워야 할 일이 없는 곳이었는데, 어째서? 차창을 열고 고개를 빼 앞차의 앞쪽을 건너다보았다. 대중목욕탕에 들어서는 것 같은 한국 여름밤의 일상적이고 후끈한 습기가 열어둔 차창으로 들어왔다.

고양이였다. 아니 고양이가 아니라 네 마리의 고양이들. 엄마 고양이와 아기 고양이들. 잠시 멈추고 기다리고 있는 건너편의 차들과 이편의 차들. 까만 고양이들이라 밤의 가로등이 아니었더라면 구분조차 어려웠을 터, 앞차의 브레이크 소리가 이해되었다. 고양이가 지나가기를 기다리는 짧은 순간의 정적. 경적을 울리지 않는 잠시의 고요와 평화의 기원.

여주의 길고양이를 집에 들인 이후로, 길에 지나다니는 고양이와 그 새끼들이 심상하게 지나쳐지지 않았다. 차의 앞 좌석에는 웬만하면 고양이 사료 캔과 그것을 부어줄 수 있는 접시를 넣어가지고 다녔고, 상태가 많이 안 좋아 보이거나 먹을 것이 필요해 보이는 길고양이를 만나면 먹이는 일을 할 때가 있다. 동해 소돌항의 한구석에서 눈이 보이지 않아 비 맞고 있던 아기 고양이는 그 후 감기는 나았는지, 쉰 목소리가 잦아들었는지 궁금하다.

*

고양이는 시와 비슷하다. 쓸모도 효용도 없이 아름다운데, 야속하다 싶게 길들여지지 않는다. 제 방식대로는 나에게 애정을 주지만, 내가 원하는 방식으로는 결코 안을 수도 품에 넣을 수도 없다. 슬쩍 꼬리를 휘감고 지나가는 그 까맣고 윤기 나는 털을 기껏 쓰다듬어나 볼 뿐, 불러도 결코 제 맘이 동하지 않으면 다가오지 않는 나의 고양이는 이제 길 위의 고양이가 아니라 내 고양이이긴 하지만 결코 내 것은 아닌 저만의 고양이인 것이다.

그런 면에서라면 고양이는 또한 아이와도 같다. 나에게

서 나왔으나 나의 것이 결코 될 수 없는 나의 아이.

아이가 처음 가사를 만들어 부르고 있던 노래는 "바람"이라는 제목이었던 것 같다. 어린이집으로 등원하기 전에 흥얼거리며 부르고 있던 노래.

바람이 폭풍처럼 불어 가길래
따라가보았더니.
바람이 거기 그대로 있었겠어.
벌써 벌써 가버렸지,

막상 녹음을 하려고 휴대폰을 켰더니 처음과는 한 번도 똑같이 부르지 않던 노래. 그렇구나 바람은 거기 없었겠구나. 벌써 벌써 가버렸겠구나. 아이는 지금 막 세상의 단어와 문법들을 익히고 있느라, 종종 깨지고 도치된 이상하고 귀여운 단어와 문장들을 구사했는데, 나는 채 그걸 하나도 담아낼 수가 없었다.

반드시 사라지고야 말 것들. 지금 겨우 기억해내어 적어낸 저 문장 또한 기우뚱 어긋나고 깨져 있던 아이의 말들을 내 수준의 평범한 어법으로 겨우 복원한 것일 뿐이다. 얼기설기 이어붙이는 순간 사라져버리는 말의 광채들. 내 시의 말들 또한 이런 얼기설기한 광채 잃은 조립일 뿐일까 싶어 낙담하게 만드는 아름다운 빛들.

그러니 그 빛들이 내게 온 순간을 쫓는 일이 내 글쓰기

의 시작이자 끝일 것이다. 아이를 보면서 남긴 어느 날의
메모 한 장면.

어린이가 아니라면 떨어뜨린 마요네즈병을 두
발로 집어 올리다 재미를 붙여 일부러 떨어뜨리고
다시 두 발로 집어 올려 손으로 잡으려는 시도를 하
며 성취감을 맛보지 않을 것

어린이가 아니라면 고양이에게 머리를 들이대며
자신의 머리카락을 씹게 하는 것을 반복하며 깔깔
대며 즐거워하지 않을 것

어린이가 아니라면 고양이 얼굴을 들여다보기
위해 바닥에 엎드렸다가는 곧바로 「죠스」 영화음악
을 입으로 소리 내어 흉내 내며 포복하여 거실을 가
로지르지 않을 것

어린이가 아니라면 메모용 포스트잇을 위로 올
려 던지기를 한없이 반복하다가 갑자기 뒤돌아 쓰
레기통에 적중해 넣으며 "진기명기! 와 나 진짜 멋
져!" 하고 감탄하지 않을 것

어린이가 아니라면 칫솔질을 하다 손으로 쳐 떨

어진 치약 뚜껑을 발로 차내며 이어지는 축구 놀이
를 하면서 사방에 치약 거품 흔적을 남기지 않을 것

어린이가 아니라면 베토벤 피아노소나타 연습에
들어가기 전 미도레시파레미도 음을 입으로 소리
내다가 도도도 소리 높이며 「월광소나타」를 테크노
버전으로 노래하지 않을 것

놀라운 것은 이 모든 장면이 모두 합쳐 채 한 시간도 되
지 않는 순간에 일어나는 일이라는 것을 아마도 그 시간
의 나는 적어두고 싶었나 보다. 아이의 하루를 문장으로
기록하는 일이란, 편집이 난망한 두루마리 필름 뭉치를
잔뜩 받아 안고서 어떻게 잘라 내고 오려 붙여도 담아낼
수 없는 빛을 어둠으로 바꾸어 영사해내는 일인 것만 같
아서.

*

다시 여름이 왔다. 엄마가 아프고 나 또한 앓을 신체의
시간.
나의 시에는 그러므로 바다가 많이 등장한다. 바다 그
자체라기보다는, 해변에서 파도와 석양과 하늘과 모래를
바라보고 있는 어떤 인간과 비인간들의 모습이라고 해야

할 것이다. 그 뒷모습이 지닌 아름다움과 슬픔을 눈으로 짚었으면 하는 불가능한 마음.

이번 여름에는 엄마의 통증이 부디 오래지 않기를. 그리고 엄마의 아픔에 대해 자세히 물을 수 있게 되기를 바라고 있다. 아마 이번 여름에도 어떤 통증은 반드시 나에게 오리라는 것을, 그 고통을 피할 수는 없으리라는 것도 어렴풋이 알게 되어가는 것 같다.

　　나는 무지한 언어를 가지고
　　낯설고 어두운 입술로
　　나의 이름을 꺼냈습니다.

　　나는 인간입니다.
　　나는 인간입니다.
　　　　　　　　　　——「해변의 아인슈타인」 부분

여름이 오고 있다. 나는 다시 바다로 떠나는 여행을 계획할 것이다. 어쩌면 하릴없이 진통제를 털어 넣으며 다시 한번 후회할 것이다.

내게 주어진 언어가 무지에서 빚어진, 빛을 어둠으로 영사해내는 그런 것일 뿐이라면. 그대로 나는 해변에 앉아 중얼거리고 있을 것이다. 영원히 다시 내게로 돌아오는 희게 빛나는 파도를 바라보며.

허파꽈리 같은 친구들에게

읽고 써온 삶에 관해, 시에 관해 쓴 산문들을 묶는다. 어떤 산문은 첫 시집을 낸 지 얼마 되지 않았을 때 씌어진 것이고, 어떤 글은 최근에 쓴 것이다. 예전에 쓴 글에 최근에 발표한 시를 덧붙이기도 했고, 고친 원고들이 있으며, 이 책을 구상하며 새로 쓴 글들도 있다.

이 불연속적인 글들을 엮고 손보고 새로 쓰며 계속해서 질문이 떠올랐다. 나는 어떻게 시에 다다르게 되었고, 지금까지 계속 쓰고 있는가, 쓸 수 있었는가. 쓸 수 있을 것인가.

나를 우리로 바꾸어 물어보기도 하였다. 그러자 시를 읽고 쓰는 지금 이곳의 삶들을 향한, 시와 삶이 연결될 수 있는 사회를 향한 질문이 떠오르기도 했다.

이 질문들에 대해 뚜렷하게 답하는 책이 되었다고는 생각하지 않는다. 나는 여전히 시를 쓰려고 컴퓨터 모니터 앞에 앉는 일이, 허공에 매인 가느다란 밧줄 위로 발을 내

딛는 만큼이나 두려운 사람이다. 그 허공을 마주하는 일이 막막하여, 막연하고 초조하게 대부분의 시간을 맴돌거나 이곳저곳을 기웃거리는 데 쓴다. 아슬아슬한 마음으로 밧줄 위를 걷는 일만큼이나, 그렇게 해서 닿을 장소가 또 다른 빈 공중인 것이 매번 새롭게 절망적이다.

나의 시나 다른 이의 텍스트에 대해 쓰는 일에서도 크게 다를 바는 없어서, 산문을 완성하는 일 또한 때때로 커다란 소리를 내며 가슴의 밑바닥까지 내려오는 바리케이드를 몇 번이나 넘어야 가능한 일이다.

이런 사람이 어쩌자고 쓰는 일을 업으로 삼는 이가 되었을까. 이상한 일이라고 생각하며 여기까지 온 것 같다. 이상한 일이지만, 더불어 조금쯤 알게 된 사실도 있다. 쓰고 있지 않을 때의 나는 삶에 발을 붙이지 못하고 엉망인 상태로 대기를 떠돌고 있는 것 같다. 발바닥 밑이 비록 공중일지라도 쓰고 있지 않는 나보다는 쓰고 있는 나로서, 당신에게 말을 건넬 때, 조금 더 숨을 쉬고 있는 것 같다는 느낌. 폐가 확장되고 약간 넓어진 틈으로 바깥의 공기를 들여, 나의 날숨으로 바꾸어 내보내는 일을 하고 있다는 생각.

열두 살 이후 답답하기만 했던 나의 숨쉬기를 조금 더 편안하게 해준 이들이 있다. 이 세계의 정체와 오염과 모욕을 아름다움이라는 공기로 교환하기 위해 오늘도 싸우고 있는 허파꽈리 같은 친구들. 그들을 생각한다. 그들에게 내밀기에는 미안한 책이지만, 그들의 아름다움에 빗겨 나의 남루를 옆에 놓아본다.

이 책을 엮을 수 있는 용기를 불어넣어준 이근혜 주간님, 책의 꼴을 갖출 수 있도록 섬세하고 다정한 대화를 이어가준 허단 편집자님, 믿음의 시간으로 기다려준 문학과지성사에 감사드린다. 박태희 작가님의 사진을 발견했을 때, 이 책을 전달할 수 있는 하나의 창문을 얻은 기분이었다. 박태희 작가님 그리고 작품 게재를 허락해준 이수지, 임동승 작가님께 감사드린다. 여기 실린 글들을 함께 쓴 것이나 다름없는 여러 텍스트들에 다시금 우정과 감사를 전한다.

1부
점과 점을 잇는 선분의 존재 방식

사랑의 지속

토마스 알프레드슨, 「렛미인Let The Right One in」, 스웨덴, 2008.

하재연, 「안녕, 드라큘라」, 『세계의 모든 해변처럼』, 문학과지성
　　사, 2012.

人+形

로저 젤라즈니, 「폭풍의 이 순간」, 『전도서에 바치는 장미』, 김
　　상훈 옮김, 열린책들, 2009, pp. 221~22, p. 255.

이상, 「꽃나무」, 『가톨릭 청년』, 1933.

──, 「I WED A TOY BRIDE」, 『나는 장난감 신부와 결혼
　　한다』, 박상순 옮기고 해설, 민음사, 2019.

──, 「私信(七)」, 『정본 이상문학전집 3』, 김주현 주해, 소명출
　　판, 2005.

테드 창, 「일흔두 글자」, 『당신 인생의 이야기』, 김상훈 옮김, 엘
　　리, 2016, pp. 234~35, p. 309.

점과 점을 잇는 선분의 존재 방식

오퍼튜니티의 이동 경로 사진, 위키백과 '오퍼튜니티(탐사차)'
　　　항목, https://ko.wikipedia.org/wiki/%EC%98%A4%ED
　　　%8D%BC%ED%8A%9C%EB%8B%88%ED%8B%B0_
　　　(%ED%83%90%EC%82%AC%EC%B0%A8).

하재연, 「스피릿과 오퍼튜니티」, 『우주적인 안녕』, 문학과지성
　　　사, 2019.

2부
아직 아무도 아닌 우리의 이름

사랑의 권리

[김수영 50주기 헌정 산문집 『시는 나의 닻이다』(창비, 2018)에 실린
저자의 산문 「사랑과 수치는 어디쯤에서 만나는가」를 개작하여 수록함]

김수영, 『김수영 전집 1』, 이영준 엮음, 민음사, 2018.

───, 『시여, 침을 뱉어라』, 이영준 엮음, 민음사, 2022.

피터 잭슨, 「천상의 피조물들Heavenly Creatures」, 영국·독일·뉴
　　　질랜드, 1994.

하재연, 「천상의 피조물들」, 『우주적인 안녕』, 문학과지성사,
　　　2019.

옥희의 언어

어슐러 K. 르 귄, 『로캐넌의 세계』, 이수현 옮김, 황금가지, 2005,
　　　p. 77.

이상, 「가정家庭」, 『가톨릭청년』, 1936.

───, 「동생玉姬보아라」, 『정본 이상문학전집 3』, 김주현 주해,

소명출판, 2005.

내가 상상한 문학은 아니었으나

박보나 인터뷰, 「별이 된 아이의 누나 박보나입니다」, 『고함20』,
　　　2016. 4. 16., http://www.goham20.com/50278.
304 낭독회, 『304 낭독회 자료집』.

이산하는 영혼의 시

김희윤, 「납치입양아·트랜스젠더—두 아티스트의 '고백'」, 『아
　　　시아경제』, 2022. 5. 20., https://www.asiae.co.kr/article/
　　　2022051911041082442.
마야 리 랑그바드, 『그 여자는 화가 난다—국가 간 입양에 관한
　　　고백』, 손화수 옮김, 난다, 2022, p. 12, p. 18, p. 242, p. 315.
전홍기혜, 「국제입양시장에서 한국 아동은 '5만 달러'」, 『프레시
　　　안』, 2017. 9. 18., https://www.pressian.com/pages/articles/
　　　168583.
전홍기혜·이경은·제인 정 트렌카, 『아이들 파는 나라—한국의
　　　국제입양 실태에 관한 보고서』, 오월의봄, 2019.
제인 정 트렌카, 「미국인이 '비싼' 해외 입양을 선호하는 진짜 이
　　　유」, 『프레시안』, 2013. 1. 17., https://www.pressian.com/
　　　pages/articles/5697.
———, 『덧없는 환영들』, 이일수 옮김, 창비, 2013.

3부
세상에 나오지 않은 악기를 가진 아이와 손 쥐고

어리석은 사랑의 기술

김종삼, 「배음背音」, 『김종삼 전집』, 권명옥 엮음·해설, 나남출판, 2005.

스타니스와프 렘, 『솔라리스』, 최성은 옮김, 민음사, 2022.

안드레이 타르콥스키, 「솔라리스」, 러시아, 1972.

하재연, 「흑백 영화」, 『라디오 데이즈』, 문학과지성사, 2006.

아직 여름은 끝나지 않았으니

이수지 개인전, 〈여름 협주곡Summer Concerto〉, 알부스 갤러리, 2021. 8. 4~2021. 10. 10., 전시 포스터.

이수지, 『여름이 온다』, 비룡소, 2021.

여름, 판타지

강경옥, 『별빛 속에』, 에이스문화사, 1987.

오시이 마모루, 「공각기동대」, 일본, 1995.

프랭클린 J. 샤프너, 「혹성 탈출」, 미국, 1968.

하재연, 「드림 캐처」, 『라디오 데이즈』, 문학과지성사, 2006.

———, 「해변의 아인슈타인」, 『우주적인 안녕』, 문학과지성사, 2019.